転生王女は今日も旗《フラグ》を叩き折る　7

登場人物紹介
レオンハルト
・フォン・オルセイン
ネーベル王国近衛騎士団長。
国一番の剣の使い手。
ローゼマリーの想い人。
ローゼマリー
・フォン・ヴェルファルト
前世の記憶を持ったまま、乙女ゲームの世界に転生した少女。
ネーベル王国第一王女。前世から好きだったレオンハルトと結ばれる為に奮闘する。

カラス
【攻略対象キャラ】
ネーベル王国の密偵。
飄々とした性格だが、
面倒見の良い一面も。
ラーテ
元ラプターの暗殺者。現在はネーベルの密偵。
クラウス
・フォン・ベールマー
【攻略対象キャラ】
ローゼマリーの護衛騎士。ネーベル王国近衛騎士団所属。
文月 花音
（フヅキ カノン）
【ヒロイン】
異世界から召喚された女の子。
ゲーム中では神子姫と呼ばれ、
魔王を倒すという使命を担う。
ルッツ
・アイレンベルク
【攻略対象キャラ】
氷属性の魔法を使う魔導師。
百年に一人といわれる逸材。
クールで人嫌い。
テオ
・アイレンベルク
炎属性の魔法を使う魔導師。明るく面倒見の良い少年。
ネロ
ミハイルに命を救われた黒猫。ローゼマリーの飼猫になる。

目次

プロローグ —— 6
転生王女の恋話。 —— 8
或る密偵《みってい》の愚痴《ぐち》。 —— 18
第一王子の決意。 —— 25
転生王女の動悸《どうき》。 —— 34
転生王女の突撃。 —— 45
騎士団長の夢現《ゆめうつつ》。 —— 67
偏屈王子の戦慄。 —— 72
或る王女の溜息。 —— 79
護衛騎士の不安。 —— 96
転生王女の趣味。 —— 103
転生王女の当惑《とうわく》。 —— 115
転生王女の悪夢。 —— 129
騎士団長の苦悩。 —— 138
召喚神子の焦り。 —— 145
騎士団長の独白《どくはく》。 —— 154
元暗殺者の溜息。 —— 162
転生王女の捕獲。 —— 170
転生王女の初恋。 —— 180
騎士団長の初恋。 —— 195
第一王子の苦悩。 —— 204
或る密偵の不安。 —— 211
転生王女の啖呵《たんか》。 —— 214
魔導師達の緊迫。 —— 222
転生王女の絶望。 —— 227
転生王女の戦い。 —— 248
転生王女の夢語《ゆめがたり》。 —— 266
王妃陛下の心配。 —— 287

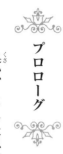

プロローグ

──臭《くさ》い、とソレは思った。

辺りに立ち込めるのは、鉄さびと汚物《おぶつ》の悪臭《あくしゅう》。そして少しの甘さを含んでいながらも、途轍《とてつ》もなく不快に感じる臭《にお》い。いわゆる、死臭《ししゅう》と呼ばれるもの。

ソレは不快感に眉を顰《ひそ》めながら、体を起こす。石造りの床に手をついて上体を持ち上げるが、力が上手く入らずにガクリと崩《くず》れ落ちた。

どうやら器の回復が追い付いていないらしい。

血だまりに寝そべったまま、ソレは息を吐き出して体の力を抜く。

折れた骨が接合《せつごう》され、引き千切れた神経や筋組織が再生されるのを待つ。気が触れる程の激痛が伴《ともな》うにも拘《かか》わらず、ソレはまるで痛みを感じていないかのように、ぼんやりと空を見上げた。

崩れた天井の隙間《すきま》から、月明かりが差し込んでいる。

その日は満月だった。雲一つない夜空に浮かぶ蒼い月は、冴《さ》え冴《ざ》えと美しかった。血と肉と汚物に塗《まみ》れた場所から見上げても、変わりなく美しかった。

ソレは、無意識に手を伸ばす。

けれど持ち上げる途中で、またしても力を込め損ねたように腕が落ちる。神経がまだ、上手く繋がっていないようだ。

首を動かして視線を向けても、殆《ほとん》どの指を欠損《けっそん》している為《ため》、動作確認すら怪しい。痙攣《けいれん》なのか、自分の意思で動かせているのか判断がつかない。

「…………」

その無様《ぶざま》さが自分でも可笑《おか》しかったのか、ソレは喉《のど》を鳴らす。けれど声帯も傷付いているのか、まともな音は出ずに空咳《からせき》に変わった。

喘鳴《ぜんめい》を零《こぼ》しながら、ソレは思った。何もかもが自分らしいと。

塵溜《ごみた》めで死に、塵溜めで蘇《よみがえ》る。蘇生《そせい》しかけの醜悪《しゅうあく》な体も、この鼻を突く悪臭も、全て。

怨嗟《えんさ》と憤怒《ふんぬ》に塗れた己の魂に相応《ふさわ》しいと、ソレは嗤《わら》った。

そうして、どれ程の時間が経ったのか。

器の修復が終わり、ソレは体を起こす。手も足も問題なく動く事を確かめたソレは、朽《く》ちかけた建物から外へと出る。

ソレは一度も振り返らなかった。

短い間だが、拠点として使っていた廃墟《はいきょ》。自分を倒そうと向かってきた人間達の骸《むくろ》。ほんの少し前まで己の魂を納めていた器。

そして、無意識に手を伸ばした蒼い月さえも。

その全てに、まるで興味《きょうみ》がないと示《しめ》すように、ソレは闇の中へ消えて行った。

転生王女の恋話。

薄っすらとした光を感じて、重い目蓋《まぶた》を押し上げる。

カーテンの隙間から差し込む光で、室内は薄明るく照らされていた。どうやら朝が来てしまったらしい。

寝台から体を起こす。

全身が満遍《まんべん》なく怠《だる》く、頭は鈍い痛みを訴える。すっきりと晴れ渡る空とは真逆の、もやもやとするような不調。その原因には、考えるまでもなく心当たりがあった。

「……眠れなかった」

呟《つぶや》く声も、微妙《びみょう》に掠《かす》れている。

たぶん顔も酷い事になっているに違いない。ムニムニと表情筋を両手で揉《も》み解《ほぐ》しながら、目を伏《ふ》せた。

眠ろうと目を閉じる度に、レオンハルト様の声や表情を思い出してしまう。

『目の前の誰かを見殺しにする選択が、貴方にないのは分かっているのに。オレは、そうしてくれと願ってしまう。貴方が傷付くくらいなら、全部見ないふりをしてくれと』

苦しそうな表情と声に、胸を抉《えぐ》られるようだ。

私は一体、どれほどレオンハルト様を傷付けてしまったんだろう。

無茶ばっかりする私を部屋に閉じ込めるのではなく、心配しながらも自由でいさせてくれた。私の大切な人達ごと、守ろうとしてくれたのに。

そんな優しい人に、あんな言葉を言わせてはいけなかった。

それに、私の罪はそれだけじゃない。

もっと最悪な事に、私はそれを……嬉しいと感じてしまった。

『貴方が臥《ふ》せっている間、生きた心地がしなかった』

低く掠れた声が、頭の中で再生される。

苦い心情を吐き出すレオンハルト様は、酷く苦しそうだったのに。私の耳には、まるで情熱的な愛の告白のように聞こえてしまった。

王女としての私は自分の軽率《けいそつ》な行動を恥じているのに、少女の私は身勝手にも、レオンハルト様の言葉を喜んだ。

私がいなくなる事を怖いと感じてくれているのかと、歓喜《かんき》してしまった。

立てた膝《ひざ》を抱えるようにして、頭を埋《うず》める。

ぐりぐりと頭を擦《こす》りつけても、罪悪感は消えるどころか増えるだけだった。

どれくらい、そうしていただろう。

部屋の扉が控《ひか》えめに鳴った。

ノロノロと顔を上げると、室内は随分明るくなっている。かなり長い間、自己嫌悪に浸っていたらしい。

小さな声で返事をすると、扉が開く。

「おはよう、ローゼ」

現れたのは母様だった。

私の姿を見つけると、凛《りん》と咲く薔薇《ばら》のように美しい顔《かんばせ》を綻《ほころ》ばせる。

「体調は……」

寝台へ近付いてきた母様は、言葉と共に、一度足を止めた。

私の顔をマジマジと眺め、形の良い眉を顰める。

早足でこちらへと来た母様は、両手で私の頬を包んだ。柔らかな親指の腹が、私の目元をそっと辿《たど》る。

「酷い隈《くま》だわ。眠れなかったの？」

「えっと……、あんまり」

隈という分かりやすい証拠があるので、しらを切る事も出来ずに言葉を濁《にご》す。

視線を泳がせる私をどう思ったのか、母様はハッと息を呑む。

「もしかして……具合が悪いのね？」

「……へ？」

「まだ体調が万全じゃないのよ！　侍医《じい》を呼ばせるから、大人しくしていなさい」

「ま、待って、待って、母様！」

予想外の言葉に呆《ほう》けていた私だったが、真剣な顔で言い聞かせた後《のち》に部屋を飛び出そうとする母様を見て我に返る。

必死になって手を伸ばし、なんとか袖口を掴《つか》んだ。

勢いで寝台から落ちそうになるのを、既《すんで》の所《ところ》で耐える。

母様はそんな私の体を支えつつも、今にも扉へと向かいそうだ。

「体調は悪くないわ！」

「嘘おっしゃい！　そんな顔色で隈まで作って」

「ちょっと考え事をしていて、眠れなかっただけなの！」

「……考え事？」

母様は小首を傾《かし》げる。

艶《つや》やかな美女なのに、幼い子供のような愛らしい仕草も似合うのだから驚きだ。

「なにか悩んでいるの？」

母様の問いかけに逡巡《しゅんじゅん》した後、コクリと頷く。

すると母様は目を丸くする。頬を紅く染めて、視線をウロウロと彷徨《さまよ》わせた。

「母様？」

「……悩み事は、一人で抱え込んでいるより誰かに話した方がすっきりすると聞いたわ」

私から微妙に視線を逸《そ》らしたまま、母様は小さな声で言う。

「…………その、貴方が、嫌でなければなんだけど……」

迷いながら続けた言葉は途切れたけれど、先に続く内容は想像出来た。

自信なさそうな提案をするのに、どれだけ勇気を振り絞ってくれたんだろうと考えるだけで、心がほっこりと温かくなる。

「母様、少しだけ話を聞いてもらえませんか？」

「！　……もちろん良いわ！」

母様は嬉しそうに破顔《はがん》する。

満面の笑みを浮かべる美女を眺め、こんなにも可愛い人だったんだなあって、心の中でしみじみ呟いた。


支度をして朝食を摂《と》った後、母様の部屋でお茶をする事になった。

人がいては話し辛いだろうと、母様が気を利かせて人払いをしてくれたので、お茶は私が淹れた。

美味しいと目を輝かせた母様は少女のように愛らしい。

暫《しば》し紅茶の味を堪能していた母様は、カップを置いてから私を見た。

「それで、何を悩んでいるの？」

一見、優雅な貴婦人のように落ち着いた様子だが、興味津々と言わんばかりに目が輝いている。

私に悩み事があるというのが嬉しいのではなく、相談に乗れるという事を喜んでいるのだと分かっているから嫌な気持ちには全くならなかった。

話すと決めたけれど、何処《どこ》から話したらいいものか。

少し迷ってから、ゆっくり口を開いた。

「……母様もご存じかもしれませんが、私には……その、好きなひとが、いるでしょう？」

「えっ」

「えっ」

母様の驚きの声に、私は反応する。

まさか冒頭《ぼうとう》の冒頭、前フリ段階で躓《つまず》くとは思ってもみなかった。

私の恋は各方面にだだ漏れだと思っていたけれど、凄い顔で固まっている母様を見るに、そうでもなかったらしい。

「す、好きな人……？　それはお友達とか、そういうのではなく？　好ましい男性がいると？」

改めて言葉にされると恥ずかしくて、俯きながら小さく頷く。

すると母様はショックを受けたように青褪めて、蹌踉《よろ》めく。

「どこの馬のほ……ではなく、何処のどなたかしら？」

ゴホンと咳払いしてから、母様は私にずいと顔を寄せた。

室内には二人だけとはいえ、大きな声で言うのは恥ずかしい。口元に手をあて、母様の耳元で密《ひそ》やかに告げる。

「近衛騎士団長の、レオンハルト様です……」

間近にあった吊り上がり気味の綺麗《きれい》な目が、際限まで見開かれた。

「……近衛騎士のって……あの、オルセイン騎士団長？」

小さな声で問われて、「はい」と答える。

母様の戸惑いも当然かもしれない。

三十代半ばの母様の方が、私よりもレオンハルト様の年に近いのだから。

「驚きました？」

苦笑して言うと、母様は躊躇《ためら》ってから頷いた。

そして少し考える素振りを見せた後、納得したようにもう一度頷く。

「軽薄《けいはく》で軟弱《なんじゃく》な貴族のお坊ちゃまが、私の可愛い娘を誑《たぶら》かしたのかと焦ったけれど、違うようね。

彼なら頼りになるし、誠実に貴方一人を愛し抜いてくれるでしょう」

「い、いえいえ、まだ私の片思いのようなもので」

口籠《くちご》りながら否定するけれど、がっつり私の希望的観測が混ざってしまっている。

『のようなもの』って何だ。

大切だって言われたからって、早速図に乗っている事が恥ずかしい。

「あら、大丈夫よ。貴方に好かれて、好きにならない男なんてこの世にいないわ」

母様ってば親馬鹿。残念ながら世の大半の男性は、私に興味がないと思いますよ。

「それで、彼がどうしたの？　まさか振られた訳ではないでしょう？」

振られてはいない。寧《むし》ろ……。

「……大切だって、言われました」

吐息《といき》を零すように呟くと、母様は「あら」と少し頬を染めた。

「私が臥せっていた時、生きた心地がしなかったって」

「情熱的ね」

「それと同時に、怒られました。なんで自分の命を粗末にするんだって……すごく、凄く苦しそうな顔で」

俯いた視界に、握りしめた自分の手が映る。

ぎゅっと込めた力のせいで、スカートには皺《しわ》が寄っていた。ぐちゃぐちゃなソレは、今の自分の心みたいだった。

「私が無茶をした事で、たくさん傷付けてしまいました。……それなのに私は、喜んでしまったんです」

怒ってほしかった訳じゃない。苦しめたかった訳じゃない。

それは確かな筈《はず》なのに、心の隅っこの方で、喜んでいたのも事実。

私の為に怒ってくれる。私の事で苦しんでくれる。

私に心を動かされてくれるレオンハルト様が愛しいと、歓喜している自分がいた。

「あんな優しい人をたくさん苦しめておきながら、『私がいなくなったら、傷付いてくれるんだ』って……一瞬でもそう思った。酷い女です、私は」

醜い心の内を吐露《とろ》すると、気持ちは軽くなるどころか重さを増した気がする。

自分の汚さに向き合うのは、とても怖い。それでも見ないフリして隠したまま、次には進めないとそう思った。

少しの沈黙。

母様がそっと吐息を零した。顔をあげると優しい眼差《まなざ》しとかち合う。目を丸くする私を見て、母様は眦《まなじり》を緩めた。

「……母様?」

「もっと淡い初恋のようなものだと思った。でも違う。私が傍にいない間に貴方はちゃんと大人になって、良い恋をしているのね」

母様は少しだけ寂しそうに、目を細める。

「ねぇ、ローゼ。恋は綺麗なだけのものではないわ。狡《ずる》くもなるし、身勝手にもなる。傷付け合う事も沢山あるでしょう」

実感の籠もった言葉は、母様自身にも覚えのある感情だからだろうか。

「それでも傍にいたいと願うなら、話し合うしかないわ。答えはお互いの中にしかないんだもの」

そうだ。

一人でウジウジしていても、答えなんて見つかりっこない。

レオンハルト様が私の狡さを許してくれるのかは、彼だけが決められる事だ。

怖くても、ちゃんとレオンハルト様と話そう。そして、気持ちをちゃんと伝えなきゃ。

「母様、ありがとうございます」

「娘の恋愛相談を聞けて嬉しかったわ」

お礼を言うと、母様は手を伸ばして私の頭を撫でる。

女神みたいに慈愛《じあい》の籠もった眼差しが、ふと寂しげに陰《かげ》る。

「……あんまり早く、お嫁に行かないでね？」

少し間をあけてから、眉を下げて拗《す》ねたように呟く。

「気が早いですよ」と返しながらも、私は嬉しくなって笑った。

或る密偵《みってい》の愚痴《ぐち》。

ドサリと音をたてて、男の体が倒れ伏す。

廃屋の床に積もっていた数年分の埃《ほこり》が、衝撃で辺りに舞い上がる。抜けた屋根の隙間から差し込む月光に照らされて、幻想的にすら見えるソレから喉を守る為に、外套《がいとう》の襟元《えりもと》を掻《か》き合わせて引き上げた。

男を床に沈めた大柄な人物は、オレの方を振り返る。

「これで最後のようです」

床の上に倒れた男は、身動《みじろ》ぎ一つしない。きっちり意識を刈《か》り取ったのだろう。戦闘面での能力は想像通り優秀である。

ただ、もう少し静かにやってほしい。充満《じゅうまん》する土埃の臭いに眉を顰めながら思った。

元国境警備隊隊長、エルンスト・フォン・リーバー。

いや、その名はもう死人のものだ。

今、オレの目の前にいる男の名は、『ヒグマ』。

オレが、第一印象で適当につけた。自分自身が『カラス』とかいうおかしな名前をつけられたからといって、八つ当たりした訳でも、巻き添えにした訳でもない。……おそらくは。

「ん。じゃあ荷物積んで帰ろう」

オレがそう言うとヒグマは、気絶して転がっている三人の男達を縄で拘束《こうそく》する。自決《じけつ》防止の為に口に布を噛《か》ませてから、ズダ袋にそいつらを詰め込んだ。

ヒグマはズダ袋を担ぎ上げ、表に停まっている荷馬車に、ひょいひょいと放り込んでいく。体格の良い成人男性……しかも気を失っているともなれば、相当に重いはずだ。しかし彼の軽快な動きは、まるで羽毛でも運んでいるかのような調子だった。

積み込み作業を手伝いもせず眺めていただけのオレに気分を害した風もなく、ヒグマは「行きましょう」とオレを促《うなが》した。

外套の下から覗く顔は相変わらず男前だったが、印象は大分変わった。

警備隊長時代には短く刈り込んでいた髪を伸ばし、後ろで無造作に纏《まと》めている。整えられていた髭《ひげ》は逆に剃《そ》り、少々若返ったように見えた。太陽に晒《さら》される事が極端に減ったから、肌の色もそのうち少し変わるだろう。

日の下《もと》を歩く時は、髪色と歩き方も変えさせている。

密偵になってすぐ、顔を焼くとか本人は言い出したが、そうまでせずとも印象は変わるものだ。

「行くか」

馬車の荷台に上がったオレに続き、ヒグマが乗り込む。大柄な体からは想像も出来ない軽やかな動きだったが、重量は見た目通りらしい。荷馬車が派手に軋《きし》んだ音をたてる。

御者台にいる仲間に手振りで合図すると、一拍置いてから馬が走り出した。

チラリと一瞥《いちべつ》したズダ袋は、どれも静かなままだ。

おそらく暫《しばら》く目覚める事はないだろう。

どうせ行き先は地獄なのだから、今くらいはゆっくり眠っておけと、心の中で吐き捨てた。

廃屋に潜伏《せんぷく》していたコイツらは、隣国ラプターの間者《かんじゃ》である。

先日、王城に侵入した奴らとは別働隊で、ある一家を拉致監禁していた。

重要人物の暗殺未遂で取り調べを受けている侍女は、家族を人質にとられて脅されていたようだ。

家族は既に保護済み。

逃げた間者の回収が、オレ達に課された任務だった。

「一人たりとも逃がすなって、無茶言うよなぁ……」

石畳の上を車輪が走る音を聞きながら、独り言めいた愚痴をこぼす。

『一人たりとも』という言葉はもちろん、ズダ袋に詰められた三人だけを指し示す言葉ではない。

ネーベルの王都に潜むラプターの間者全てだ。

泳がせていた連中、何年もかけて周りに溶け込んでいた者、新たに送り込まれた奴も引っくるめ、一人残らず。

「なんかの冗談であってほしい」

立てた膝に頬杖《ほおづえ》をつきながら溜息を吐き出すと、ヒグマが苦笑した。

「あの方が冗談を言うのは想像もつきません」

「ごく一部の人間には、言うらしいよ。冗談」

ごく一部というか、オレが知る限りは一人だけど。

オレが心の中だけでそう付け加えていると、ヒグマは何とも言い難《がた》い顔をした。

冗談を言う陛下を思い浮かべようとしているらしい。

十数秒黙り込んだ後、「想像もつきません」と同じ言葉を繰り返す。

オレも確かに想像出来なかった。

「今回は完全に本気の顔だったけど」

命じた時の主人の顔を思い出す。

いつもどおりの無表情。しかし目が、常とは違った。薄青の瞳に宿っていたのは、高温で燃え盛る炎か。それとも全てを凍《い》て付かせる吹雪か。

「勘違いでなければ、怒ってたな。アレは」

もっとも、今回の事件でブチギレているのは、陛下だけではない。

八つ当たりのように、全力で鼠《ねずみ》狩りをしているであろう溝鼠《ラーテ》の顔が思い浮かぶ。

異世界からの客人が暗殺されかけた夜、ラーテは姫さんを狙った暗殺者の駆除《くじょ》をしていた。

まさかその間に、姫さんが別の人間に殺されかけるとも知らずに。

正確に言うならば、侍女は姫さんを狙った訳ではない。姫さんが異世界からの客人を匿《かくま》ったのも、庇《かば》った事も偶然が重なった結果。

誰も予想出来やしない。

それでもラーテは、荒れた。

表面上はいつもと大差なく、仕事もきっちり熟《こな》すが、殺意の高さが違う。生死を問わない任務ならば、全て息の根を止めてくる程度には。

飄々《ひょうひょう》として掴み所がなく、執着とは無縁。

人当たりが良いように見えて、誰も信用せず、誰も懐に入れない。

何処にも居付かず誰にも深入りせず、ふらりと現れて、ふらりと消える。

そんな男がまさか、本気で誰かに肩入れするとは思いも寄らなかった。

「全く、罪作りな人だ」

姫さんは。

音にしなかった言葉を正確に読み取り、ヒグマは頷く。

「沢山の人間に愛されていますから」

口角を軽く上げた目の前の男も、そして彼の旧友も。

姫さんを愛する人間を、数え上げればキリがない。

本当に。どれだけの人間に愛されているのか、そろそろ理解してほしい。

姫さん本人も、そして。

ズダ袋に向けた目を細める。

ラプターも、いい加減に気付いてくれ。

姫さんは、我が国の至宝《しほう》であり、多くの人間の弱点であり。

同時に、触れてはならない逆鱗《げきりん》でもあるのだと。

「…………」

眇《すが》めた目を一度伏せた。

腹の底に溜まる烈火《れっか》の如き感情を、息と共にゆっくり吐き出す。それから顔を上げると、目を丸くしたヒグマと視線がかち合った。

「……どうした？」

榛《はしばみ》色の目を、パチパチと数度瞬かせた後、彼はなるほどと呟く。

「貴方も怒っていたんですね」

「は？」

しみじみと言われ、オレは片眉を跳ね上げる。

随分と低い声が出たが、ヒグマは気圧《けお》されるどころか、全く気にしていない。

「あの男のように分かりやすくキレていなかったので、気付けませんでした」

あの男とは、ラーテの事だろう。

オレも奴の同類だと？

確かにオレは姫さんを気に入っている。

だが別に、姫さんが命を狙われたからといって、怒っては……いないのか、本当に。

思わず自問自答した。

とぐろを巻く蛇のように腹の底に陣取《じんど》り、時折顔を覗かせては臓腑《ぞうふ》を焼くこの熱の塊は、『怒り』や『苛立《いらだ》ち』と呼ばれる類《たぐい》のものではないのか？

少しでも気を緩めれば、殺意へと変換されそうなコレは。
黙って考え込むオレを見て、ヒグマは言葉を続ける。
「だから今回は、一切手を出さなかったんですね」
殺してしまいそうだから。
言い当てられた気まずさに、オレは目を逸らす。
煩《うるさ》いよと呟いた声はあまりにも小さくて、車輪が小石に跳ねた音にかき消された。

第一王子の決意。

「クリストフ殿下。お時間です」

読みかけの報告書から顔を上げると、古参《こさん》の近衛騎士が生真面目な顔で私を見ていた。

金無垢《きんむく》の懐中時計を見ると、国王から部屋に来るようにと指定された時間の少し前だ。

気乗りはしないが、無視しては余計に面倒な事になる。

せめてもの抵抗に、報告書を読み終わるまで時間を引き伸ばしたいとも思う。しかし、相手がレオンハルトならば許される軽口も、実直な騎士相手には通じまい。

「……分かった」

書類を適当に纏めて引き出しに仕舞い、鍵をかける。

短く息を吐き出してから、席を立った。

移動している間に、報告書の情報を整理する。

頭の中に描いた地図と、報告書の届いている地域を照らし合わせた。

まずは王都全体、それから少しずつ円を描くように距離を伸ばしながら調査を指示。今のところ、異常の報告は一件も上がってきてはいないが、油断は禁物だ。

仮に魔王が復活していたとするならば、いつ、どこで、どのように影響が現れるのか分からない。

小さな異変一つを見逃す事が、命取りとなる。

魔王復活の際に僕《しもべ》となる魔物は、魔力などから発生するのか。それとも動物が変異するのか。動物が変異するならば、何かしらの兆候《ちょうこう》はある筈。凶暴化するとしたら、それは全ての動物なのか。人に飼われている犬猫や家畜も含まれるのか。鼠や鳥などの小動物、それに虫はどうだ。

浮かんだ疑問は全て、端から調べていく。

世界を守る為などと大それた事を言う気はない。私はあくまで、大切な家族、部下、国民の平穏にしか興味はないのだから。

考え事をしているうちに、目的地に辿り着いた。

このまま前を通り過ぎてしまいたいと現実逃避している間に、職務に忠実な騎士が室内へ報告してしまっている。

『入れ』という端的な言葉が聞こえたので、嫌々ながらも入室した。

予想を裏切り、執務机の前には姿がない。頬を撫でる微かな空気の流れを感じ、バルコニーに繋がるガラス扉が開いている事に気付いた。

燦々《さんさん》と日光が降り注ぐバルコニーに、夏がまるで似合わない男が立っている。

さらりと風に揺れるプラチナブロンドは、光の加減か白く見えて、まるで太陽を反射する新雪のようだ。首元にはクラバットをきっちりと巻き、薄手の生地とはいえベストを着込んでいるというのに、汗の一つもかかないのはどういう仕組みなのだろう。シミ一つない肌は陶磁器《とうじき》の如く白く、赤みすらさしていない。

白い積乱雲と濃い青の対比が眩《まぶ》しい空や、青々と茂る木々を背景にすると、浮いて見える。掲《かか》げた左手に黒い鳥をとまらせた国王の周りだけ、季節から切り取られたような錯覚すら抱いた。

「異常はないか」

力強く羽ばたいた鳥を見送っていた国王は、徐《おもむろ》に口を開く。

薄青の瞳がこちらを向いた。

「今の所、確認されておりません。現在も範囲を広げて調査中です」

「民への注意喚起は」

「獣が凶暴化する病《やまい》が確認されたので、気をつけるようにと触れを出しております」

実際に、遠い国では確認されている病らしいので嘘ではない。

それに魔王は殆どの人間にとって、お伽噺《とぎばなし》の中の存在だ。復活した可能性があるなどという話を信じさせるよりも、病という現実的な問題に置き換える方が手っ取り早い。

「状況は都度《つど》、報告しろ」

淡々と続けながら、室内へ戻ってきた国王はガラス扉を閉める。是《ぜ》と頷くと、会話はそこで途切れた。

執務机へと戻るのかと思いきや、応接用のソファへと腰掛ける。視線に促され、私も向かいに腰を下ろした。

護衛を下がらせている為、室内には私と国王しかいない。

暫し、沈黙が流れた。

「ラプターとグルントへ書簡《しょかん》を送る」

無駄に長い足を組んだ国王は、前置きもなく言った。

さらりと告げられた言葉の重さに、私は息を呑む。

水面下でのやり取りではなく、使者を立てて正式に書簡を送る。

つまり世界に向けて意志を示す事になるのだから、その内容は非常に重要な意味を持つ。

「ラプターに何と？」

「我が国の第一王女の暗殺未遂に対する抗議《こうぎ》だ」

第一王女暗殺未遂という言葉を聞いて、一瞬息が詰まりそうになった。

今まで必死に頭から追いやってきた。

そうでもしないと、仕事を放り出してローゼの許《もと》へと駆けつけたくなるからだ。無事だと報告を受けても不安は消えない。元気な姿をこの目で見るまでは……あの子の愛らしい声で兄様と呼んでもらうまでは、安心など出来ようはずもない。

しかし、王太子という立場が邪魔をして身動きがとれないのが現状だ。

万が一、ローゼが魔王の影響を受けていた場合を考えて、暫くの間は近寄る事を禁止されている。

国王は、誰よりも先に会いに行ったと言うのに、だ。なんてふざけた話だろう。

長持ちする方をとっておくのは当たり前だろうと、無表情で言われた時には流石《さすが》に殴り飛ばしても許されるのではと思った。

私よりも余程長生きしそうな顔をしながら、いけしゃあしゃあと。

ローゼが倒れた夜、もちろん私はあの子の許に駆けつけるつもりだった。

それを止めたのは国王だ。魔王の依代《よりしろ》になっている可能性を説明され、危険だから近寄るなと言われても納得など出来なかった。

自分に何かあってもヨハンがいる。だから傍にいてやりたい。

ローゼが苦しんでいるのに、一人にしておけない。

取り乱した私が訴えた言葉を、国王は静かに聞いていた。

そして返された言葉に、私は絶句する。

『お前にアレは殺せまい』

気がついたら、国王の胸ぐらを掴んでいた。

カッと全身の血が沸騰したような熱さ以外、詳細《しょうさい》は覚えていない。怒りに我を忘れるという体験を、初めてした。

『妹に指一本でも触れたら、貴方を許さない』

私の妹に――ローゼマリーに何かしようものなら、絶対に許す気はない。

どんな外道《げどう》に堕《お》ちようとも、処刑台に送ってやる。

呟いた声は、自分のものとは思えないほどに低く掠れていた。

視線にも殺意を込めていたというのに、国王は欠片《かけら》も取り乱しはしない。

『だから、お前では駄目なんだ』

呆れたような声に虚《きょ》を衝《つ》かれ、緩んだ手を払われる。

乱れた襟元を直しながら、国王は溜息を吐き出した。

『もし誰か一人でも手に掛けたら、アレはそこで壊れる。心が壊れているのに、体だけ生かしても苦しみを長引かせるだけだ。殺される覚悟より、悪夢から解き放ってやる覚悟を決めろ』

ぐっと言葉に詰まったのは、正しいと思ってしまったからだ。

ローゼは優しい子だ。人の命を奪ったとしたら、おそらく正気ではいられない。

後に解決策が分かって魔王を切り離せたとしても、あの子は自分を責めて心を壊す。

分かっていても、きっと私にローゼは殺せない。

何があっても、生きていてほしいと願ってしまう。

拳を強く握りしめて、激情に耐えた。

『それは、最終手段ですよね』

震える声を絞り出す。

『救える可能性がほんの僅《わず》かでも残っている限り、別の方法を探すと約束してください』

どんなに非効率でも、どんなに非合理的であっても。

ローゼが生き残る道があるならば最後まで足掻《あが》きたい。

願いを込めた私の訴えに、国王は僅かに眉を顰める。

『当たり前だ』

普段、無駄な手間や時間を嫌う男は、微塵も悩む事なく言い切った。

色素の薄い瞳に宿る決然《けつぜん》とした光を見つけ、続く言葉を飲み込んだ。

あの夜はとても長く感じた。

一睡も出来ないまま夜が明け、また日が沈むまでの記憶が朧《おぼろ》げだ。

無事だと伝え聞いたけれど、未《いま》だに安心とは程遠い。

これ以上の不安要素はいらない。

今まで静観していたラプターとの外交関係について国王が腰を上げる気ならば、全面的に支持しよう。

「暗殺未遂を認めるとは思えませんが」

「そこはさして重要ではない」

諸外国に向けて、ラプターと敵対する理由を表明する事が大事なのだろう。

あちらが先に仕掛けてきたのだから、対立するのは当然だと。

「客人の件は伏せたままになさるのですか?」

「我が娘を狙った暗殺者に巻き込まれただけだからな」

魔王とフヅキの存在は、秘匿《ひとく》したままにするようだ。

だからこそ、ローゼに近付く事も出来なかった暗殺者の件を引っ張り出してきているのだろうが。

実際はフヅキを狙った暗殺者によってローゼが殺されかかったのであり、ローゼを狙った暗殺者は我が国の密偵によって捕らえられている。

「グルントにも書簡を送るという事は、経済制裁ですね」

グルントはネーベルから見ると東の隣国、ラプターから見ると南に位置する隣国である。国土は我が国の三分の一程度。海沿いの土地が多く、多くの国との貿易を行い、商業が発展している国だ。不凍港《ふとうこう》を持たないラプターにとっては、実質、港の役割を持つ。

ラプターとネーベルという大国に挟まれながらも、どちらにも肩入れする事なく外交を行ってきた国だが、それは両国が表立って争っていなかったからだ。

どちらかを選べと迫れば、ネーベルを選ぶだろう。友好関係や信頼関係の話ではなく、ネーベルと敵対すればグルントも詰む。

ネーベル南部にある、グルントからヴィントへと繋がる太い交易路を封鎖されたら、交易は立ち行かなくなる。海路のみの交易では、経費が倍以上に跳ね上がるだろう。

グルントに対して『交易路の封鎖』という強硬策に出る可能性は限りなく低いが、それでも関税を上げられたら同じ事。

「ラプターが武力行使に出た場合は、如何《いかが》されるおつもりですか」

「ないな。もうすぐ夏が終わり、ラプターに長い冬がくる。戦争をしかけたら、屍《しかばね》を積み上げる事になるのはあちらだ」

経済制裁により関税をかけられ、交易が滞《とどこお》り始めたところで冬がくる。

国土の殆どが雪に覆われるラプターでは、食糧の供給《きょうきゅう》が追いつかない。そんな時期に戦争を始めたら、すぐに食糧難になる。

その上、ラプター側に非があると諸外国に示している。

多くの国は中立の立場をとり、静観。もしくはネーベルを支持するだろう。

「娘も民も、一人たりともくれてやるものか」

国王は瞳をゆっくりと眇める。

「今までのツケを、奴らに支払わせるぞ」

鋭い眼差しで宣言した国王に、私は短く『御意』と返した。

転生王女の動悸《どうき》。

レオンハルト様と話し合いをしたい。

そう意気込んだものの、神子姫《みこひめ》の護衛に加え、団長としての通常業務がある彼は多忙で、中々会える機会がなかった。

それと……これは私の勘違いであってほしいのだけれど。

避けられている気がしなくもない。

一度だけ遠くから見かけた時に、視線を逸らされた。その上、さり気なく方向転換されたし……。

レオンハルト様に対してだけ繊細な私のハートは、ピシリと砕けそうだ。

彼が私を異性として見てくれているかも、なんてやっぱり都合のいい思い込みだったのかもしれない。

自信はあっという間にシュルシュルと小さくなって、ネガティブな私が顔を出す。

そんな時だった。

「あっ！」

偶然にも廊下で神子姫と会った。

私を見つけた神子姫は、満面の笑みを浮かべて駆け寄ってくる。

「こんにちは！」

「ごきげんよう、フヅキ様」

神子姫の後ろから、当然の事ながら護衛のレオンハルト様もやってくる。

あれ……？　レオンハルト様、顔色悪い？

薄っすらとだけど、目の下に隈があるような……。

目が合うと、一瞬レオンハルト様の肩が揺れた。でもすぐに、何事もなかったかのように余所行《よそ》きの笑顔を向けられる。

これ以上踏み込んでくるなと距離を取られたような気がして、胸が少しだけ痛んだ。

そっと視線を逸らすと、今度は神子姫と目が合う。

キラキラと輝く榛色の瞳が、何か言いたげに私を見つめていた。

「あのっ」

「はい」

流石ヒロイン。一生懸命な様子が健気でとっても可愛らしい、などと考えながらも言葉の続きを笑顔で促す。

すると、神子姫は勇気を振り絞るかのようにギュッと拳を握った。

「宜《よろ》しければ、その……私とお話しませんかっ？」

「お話、ですか？」

突然の提案に驚きつつも問い返すと、神子姫は慌てふためく。

「いえ、あの、お忙しいなら断ってくださって全然構わないんですけど！　もしお時間あるなら、色々おしゃべりとか出来たら楽しいだろうなぁとか思いまして……」

神子姫の声が、どんどん小さくなっていく。それに比例するみたいに視線も下がって、俯いた彼女は所在《しょざい》ない様子で指先同士を絡《から》める。

庇護欲をかきたてる小動物のような可愛さだ。

攻略対象じゃない私がこんな可愛いスチル見ていいのかなと、ちょっと本気で心配してしまった。

おしゃべりイベントといい、大丈夫？　追加料金発生してない？

なんなら課金する？？

「嬉しいです。今日は風が涼しいので、庭の東屋《あずまや》でお話ししましょうか」

迷走しまくっている思考はおくびにも出さず、にっこり笑って提案する。

きょとんと目を丸くした神子姫は、すぐに屈託のない笑顔で頷いた。

「はいっ！」

はー。かわいい。


私と神子姫は、広い庭園の一角にある八角形の白いガゼボにやってきた。

今日も快晴だけど、風は少しひんやりしていて気持ちいい。青空に浮かぶ鱗雲《うろこぐも》を眺めながら、もう少しすると夏も終わるのだなと思った。

「お姫様と二人でおしゃべり出来るなんて感激です！」

「私も、フヅキ様とゆっくりお話してみたかったの」

「出来たら、花音《かのん》って呼んでもらえませんか？　お姫様には、名前で呼んでほしいです」

「じゃあ、私の事も名前で呼んで？　ローゼマリーだと長ければ、マリーでもローゼでもどちらでもいいわ」

「えっと、ま、マリー様？」

「なぁに？　花音様」

照れ臭そうに私を呼ぶ神子姫、改め花音ちゃんに微笑《ほほえ》む。

すると彼女は頬を赤らめながら、「えへへ」と嬉しそうに破顔した。

ほんっとに、かわいいなー!!

叫び出したい気持ちをぐっと奥歯を噛みしめる事で、なんとか堪える。

攻略対象の男子達を捕まえて、膝を突き合わせてじっくりと、この子の可愛さについて語り合いたい。

というか、攻略対象達と会えたのかな？

召喚の時に会えたはずのルッツと、私の護衛のクラウス以外って中々会う機会ないよね。魔王の石も無くなっちゃった事だし、もしかして、もう帰っちゃうんじゃ……。

それは寂しい……でも、魔王が消滅したにしろ解放されてしまったにしろ、ここから先は花音ちゃん一人に背負わせるべきじゃない。

「ねぇ、花音様」

「はい?」

「いつ頃までこの国に留まってくださるの?」

覗き込んで問うと、花音ちゃんはパチクリと瞬いた。

「勘違いしないでね。私は長く滞在してくださる方が嬉しいわ。でも、危ない目に遭ってほしくもない。父様も貴方が望めば帰らせてくださると思うの」

花音ちゃんはじっと私を見つめた後、コクリと頷く。

それから小さな声で、「国王様にもそう言われました」と答えてくれた。

父様は花音ちゃんが望めば帰れるように、魔法陣もそのままにしてあるらしい。魔力を流し込んで、花音ちゃんが入れば起動するそうだ。

「本当なら、そろそろ帰ったほうがいいみたいです。あんまり長くこっちに留まると、ズレが生じる恐れがあるって」

「ズレ?」

「うーんと、パズルのピースみたいなものでしょうかね。私が来た時間と場所がくり抜かれていて、その空間に今の私ならピッタリ嵌《はま》るけど、成長すればする程、嵌り難《にく》くなっちゃうといいますか」

なるほど。

二、三ヶ月なら誤差で済むけど、年単位経過しちゃうと成長している分、ピースを嵌《は》め込むのが難しくなるって事かな。
「といっても私は私なので、ズレるとしても少しだけみたいですけど。ちなみに他の人が間違って起動してしまうと、どこに行くか分からないみたいです。下手したら次元の狭間《はざま》に落ちちゃうかもしれないって」

「……それは怖いわね」

上も下もない真っ暗闇に落ちる想像をしてしまい、背筋が寒くなる。

そっと腕を押さえると、眉を下げた花音ちゃんも「ですよね」と同意した。

「一人で暗闇を永遠に彷徨うのは、とても恐ろしいでしょうね……」

ぽつりと独り言のように呟く。

「……恐れながら、ローゼマリー様」

「え？」

今まで黙って周囲を警戒していたクラウスが、何故か声をかけてきた。

何かあったのかと表情を引き締める。

「ご安心ください。ローゼマリー様が向かわれるのでしたら、私が必ず共に参ります。決してお一人には致しません」

「…………」

半目になった私は、無言でクラウスの端整な顔を眺める。

有事《ゆうじ》かと身構えた分、脱力感が半端ない。

論点が合っているようで合ってない。というか決定的にズレている事に気付いてほしい。

決め顔で宣言してくれているところ申し訳ないんだけど今、そんな話してないんだ。

「あのね、クラウス。気持ちは嬉しいのだけれど……」

「行く先が次元の狭間でも、地獄であったとしても、私はお傍におりますよ。もちろん、嫁《とつ》がれる時も」

だから！

なんで私が次元の狭間だの地獄だの、物騒なとこに行く前提なのかな⁉　わざわざ好き好んで、そんな場所に行く訳ないでしょうが！

…………ん？　なんか最後、とんでもない事言わなかった？

「……嫁ぎ先にも？」

青褪めながら、口を開く。

頼む、空耳であれ。もしくは言い間違いであってください。お願い。

そんな私の願いを嘲笑《あざわら》うように、クラウスはとても綺麗な笑みを浮かべた。

「はい。嫁入り道具に加えてくださいね」

よ、嫁入り道具が増えた……‼

嘘でしょ。普通、嫁入り道具っていったら、家具とか衣類とかそういう物なはず。なんで私の嫁入り道具のうち、二枠がイケメンで埋まっているの。

こんなの絶対おかしいよ!!

「気持ちだけ貰《もら》っておくわ」

「遠慮なさらず。全てが貴方様のものです」

「胸がいっぱいだから、後はしまっておいて頂戴《ちょうだい》」

額に手を当てながら返すと、鈴を転がすような可愛らしい笑い声がした。

出処を探すと、花音ちゃんが私とクラウスを見て楽しそうに笑っている。

「お二人はとても仲が良いんですね」

「えっ」

何処をどのように見たら、そんな結論が!?

顔を引き攣らせる私と違い、クラウスは当然だと言わんばかりのドヤ顔だ。

イラッとしたので殴っていいかな?

「そうでしょうか?」

「はい。マリー様が凄くリラックス……じゃなくて、えーと、寛《くつろ》いでいる? ように見えたので、きっと仲良しなんだなって思ったんです」

確かに、今更クラウス相手に緊張はしないけど。

なんか仲良しと言われると複雑な気持ちになるなぁ。

「レオンハルト様もそう思いますよね?」

「!」

悪気なく、花音ちゃんはレオンハルト様に話を振った。振ってしまった。

四人だけのこの場で、レオンハルト様に話しかけるのは、ごく自然な流れではある。気遣いの出来る花音ちゃんらしい判断であって、きっと他意はない。

レオンハルト様は、たぶん何でもない事のように笑顔で同意するだろう。場の空気をおかしなものに変えないように、当たり障《さわ》りなく。

仕方ないって分かっている。でも、聞きたくないし見たくない。私の事なんて欠片も興味ないなんて、思い知らせないで。

そう思いつつも、目は自然とレオンハルト様へと向かう。

怖いけれど気になる。知りたくないけど、知りたい。

相反する気持ちが命じるままに、レオンハルト様へと視線を向けた。

「…………え」

驚きに、小さな声が洩《も》れた。

レオンハルト様は、話しかけた花音ちゃんではなく私を見ていた。真っ直ぐな目は怖いくらい鋭く、熱い。ちり、と肌が焼け付くようだ。

絡みつくような視線に晒されて、ゾクリと背筋が粟立《あわだ》つ。

身を竦《すく》めた私を見て、レオンハルト様は痛みを堪えるみたいに顔を顰《しか》めた。そして口角を微かに吊り上げる。自嘲するみたいな笑い方だった。

「ええ、そうですね。……怖がらせてしまう自分とは大違いです」

違う。違うの、怖かったんじゃない。

そう否定したくても、頭が混乱して上手く言葉に出来ない。

「フヅキ殿。そろそろお約束のお時間です。魔導師長がお待ちですよ」

「えっ、え、あ、はい」

赤い顔で私とレオンハルト様を交互に見ていた花音ちゃんは、促される形で立ち上がる。

二人が去っていくまで、私は立つことも出来なかった。

怖くて震えたんじゃない。

目線一つで全身が痺れるくらい、ドキドキした。今も体中が熱い。

真っ赤な顔を隠すみたいに両手で押さえながら、溜息を吐き出す。

腰が砕けそうになりましたなんて、はしたない事言えるわけないじゃないか……!!

転生王女の突撃。

あれから、レオンハルト様と会えていない。

誤解を解きたいと思っても、会えなければ無理な訳で。

それに何をどう話すのかも、決まっていない。

怖かったから震えてたんじゃないんです。発情していました！　って？

痴女《ちじょ》じゃん！　控えめに言っても変態じゃないか！　無理、却下‼　レオンハルト様に軽蔑《けいべつ》されたら生きていけない！

恥ずかしさのあまり、腰掛けたソファに拳を叩き込もうとした私は、ギリギリで止《とど》まった。握りしめた拳を解き、視線を端へと向ける。

真っ黒な毛並みの猫は、ソファの上に置かれたラタンの籠の中で丸まっていた。

そう。愛猫《あいびょう》ネロが、私の許へと戻ってきたのだ。

「ネロ」

籠を覗き込んで、小さな声で呼ぶ。

特に反応はなく、微かな寝息に合わせて腹の辺りが上下している。

怪我はもう問題ないらしいけれど、まだ本調子じゃないのか、殆ど寝て過ごしている。

でも、帰ってきてくれただけで嬉しい。

そっと毛並みを撫でると、ピクリと体が揺れた。

片目が開き、億劫《おっくう》そうな動作で顔をあげる。室内だからか、いつもより濃い青の目が私を捉えた。

しかし、興味を失ったのか、瞳はすぐに閉じられる。

煩《わずら》わしいとでも言いたげに身を捩《よじ》ると、私に背を向けてしまった。

人の手によって傷付けられたのだから、警戒されるのも仕方ないのかもしれない。寂しくても、時間をかけた方が良さそうだ。

もしかしたら、怪我した場所に触っちゃった可能性もあるし。

「ごめんね」

傍にいては、ゆっくり休めないだろう。

図書室にでも行こうかと、ソファから立ち上がる。

もう一度視線を向けるが、ネロは全くこちらを見ない。

仕方ないって自分に言い聞かせたばっかりなのに、なんか無性に悲しくなって、つい溜息が零れる。

レオンハルト様に会えない上に、ネロに嫌われるとか、踏んだり蹴ったりだ。

「……ローゼマリー様」

「！」

呼ばれて我に返る。

俯いたまま立ち尽くしている私をどう思ったのか、クラウスが気遣うような目で見ていた。

「図書室に行こうと思うの。ネロが寝ているみたいだから、静かにね」

笑って誤魔化すと、クラウスは難しい顔で黙り込む。

暫し考え込んでいた様子だった彼は、何かを決意したような表情で顔を上げる。

ゆっくりと口を開いたクラウスの思いがけない提案に、私は目を丸くして数秒固まった。


それから十数分後。

私は城内にある一室の前に立っている。

重厚なマホガニーの扉を見つめたまま動けずにいる私を、小声で「ローゼマリー様、お早く」とせっつくのは護衛騎士であるクラウスだ。

そして私が凝視《ぎょうし》している扉は、近衛騎士団長の執務室。即ち、レオンハルト様の仕事部屋の入り口である。

何故、こうなったのか。

それはクラウスの提案に端《たん》を発《はっ》した。

『団長に会いに行きましょう』と彼は言った。

クラウスの情報によると、今頃の時間帯、花音ちゃんはイリーネ様の講習を受けているそうだ。

花音ちゃんの力は魔力ではないものの、力の使い方は似ているらしいので、魔導師長であるイリーネ様が適任であると判断された模様。

そしてその時間を使って、レオンハルト様は溜まっている通常業務を捌《さば》いているとの事。

つまり執務室にいる可能性がかなり高いって事だけど……。

職務に忠実なレオンハルト様のところへ仕事中に行っては、迷惑なんじゃないかと、私は尻込《しりご》みした。

邪魔をしたくないという建前を口にしつつも、本音は煩わしいと思われたくないだけ。

でもクラウスは、誤魔化されてはくれなかった。

『会いたくありませんか？』とシンプル故に逃げ場のない質問をされ、私は覚悟を決めた。だって、会いたくない訳がない。いつだって、私はレオンハルト様の傍にいたいのだから。

とはいえ、王女である私が近衛騎士団長の執務室に用事なんてある筈もなく。

もし誰かに見られたら、レオンハルト様に迷惑がかかるかもしれないという懸念《けねん》があったので、人目に付きにくいルートを選んでコソコソとやってきた。

そして到着したはいいものの、怖気《おじけ》づいている。今ココです。

「ローゼマリー様」

「わ、分かったわ」

半目のクラウスによる「早くしろ」という圧力に負け、深呼吸してから控え目に扉をノックする。

「…………」

いくら待っても、返事がない。

もう一度、今度はさっきよりもハッキリと扉が鳴った。しかし応答はない。

「留守？」

落胆《らくたん》と安堵《あんど》。半々の気持ちで呟くと、クラウスは頭《かぶり》を振った。

「いえ。いるはずなんですが……もしかしたら、隣接する部屋で仮眠をとっているのかもしれませんね。最近は、夜遅くまで仕事をされていたようですし」

言われて思い出すのは、レオンハルト様の青褪めた顔と目の下の隈。

寝不足なのは間違いないだろう。

「じゃあ、尚更《なおさら》お邪魔する訳には……」

「私はここで見張っていますね。人が来たら適当に対応しておきますので、三十分程度でしたら確保出来るかと」

クラウスは私の言葉を遮《さえぎ》って、淀《よど》みのない声で続ける。

懐から懐中時計を取り出して時間を確認した彼は、扉を開けて私の背を押す。

「えっ、ちょ……っ？」

「お早めにお戻りくださいね」

戸惑う私の前で、重厚な扉はバタンと閉まった。

クラウスの強引さに、私は開いた口が塞がらない。

以前から私の話を聞いてくれない傾向《けいこう》はあったけれど、いつもとは違う方向性で意見を無視された気がする。

でも、もちろん怒りはしない。

クラウスの行動は、間違いなく私の為のものだったからだ。

落ち込んでいる私を見ていられなくて、手を貸してくれたクラウスに感謝こそすれ、恨むなんて有り得ない。

ありがとう。でもちょっと心の準備をさせてほしかったと思いつつ、私は小さく笑った。

初めて入った執務室は、主人の好みを反映するように落ち着いた色合いで統一されていた。華美な装飾は一切なく、本棚や執務机、時計など必要最低限のものしかない。

机の上には積み上がった書類の山が二つ。おそらく、決裁《けっさい》済みと未決裁に分けられているのだろう。短時間で戻るつもりなのか、羽根ペンとインク壺《つぼ》が出しっぱなしになっていた。

そして分厚い本がぎっしり詰まった本棚の横には、扉が一つ。

クラウスの予想が正しければ、ここにレオンハルト様がいるはず。

なんの変哲もない扉を上から下までじっくりと眺め、ゴクリと喉を鳴らす。

逃げ出したい気持ちを無理やり押さえ付けて、ゆっくりとドアノブに手をかけた。

「……お邪魔します」

蚊の鳴くような声で言いながら、ドアを開ける。

極度の緊張により手が震えているせいで、カタカタと小さな音が鳴ったけれど、中から反応はない。開けたままの姿勢で往生際《おうじょうぎわ》悪く固まっていた私だったが、勇気を振り絞って部屋の中を覗き込んだ。

薄手のカーテンを閉めているからか、室内は薄暗い。

シンプルな木製のコートハンガーには、放り投げたように無造作な状態で騎士団の上着が辛《かろ》うじて引っかかっている。

狭い部屋の中にはベッドはなく、窓際にソファが置いてあるだけだ。

そしてそこに長身の男性が一人、横たわっていた。

「………」

声を掛けるという選択肢は、頭の中から消えていた。

私は吸い寄せられるみたいに、ふらふらと彼へと近付く。

レオンハルト様は頭の後ろで組んだ手を枕代わりにして、眠っていた。

肘掛けの上に載せた長い足は、ブーツを履いたまま。シャツのボタンを二つ開け、胸元は寛げられている。帯剣用のベルトは背凭《せもた》れに引っかかっていて、剣は近くの壁に立てかけられていた。

乱れた黒髪が、端整な顔に影を落とす。

睡眠が足りていないのか、目元の隈は先日よりも濃くなっている。気の所為《せい》でなければ、頬も少し削《そ》げたような。

私が傍に寄っても起きない辺り、たぶん、相当疲れているんだと思う。

いつもキッチリとしているレオンハルト様の、少しばかりルーズな寝姿に胸が高鳴った。

「レオンさま……」

すぐ傍にしゃがんで、顔を覗き込む。

私の声に反応したのか、それともたまたまか。静かに寝息をたてていた彼が、ん、と微かに呻《うめ》いた。低い声が色っぽくて、ドキリとする。

身動ぎしたせいで、前髪の間から額が覗く。

眠っているはずのレオンハルト様の眉間には、くっきりと皺が刻まれていた。

魘《うな》されているの……？

険しい寝顔は、安眠には程遠い。

これでは、いくら寝ても疲れは取れないだろう。

どんなに忙しくても涼しい顔をしているレオンハルト様が、私にも分かるくらい疲れていたのは、もしかしなくてもこのせいか。

ロクに眠れていないのかもしれない。

苦しそうな表情を見ていると、こちらまで辛くなってくる。

どうにかしたくて、辺りを見回す。でも、狭い部屋の中には物が殆どない。お湯とタオルを持ってくれれば目元を温められるけど、忍び込んでいる身では無理だ。

考えた末に、私はそっとレオンハルト様の目元に手を伸ばす。

どうか起きないでくださいと胸中で繰り返しながら、彼の目を温める為に掌《てのひら》をあてた。

睫毛《まつげ》や鼻筋の感触に、ビクリと掌が震える。

睫毛、結構長い……鼻筋も高い……！

いやいやいや、私欲で触っているんじゃないから！　これは治療！　治療なの。そう、今の私はホットアイマスク。蒸気でほっこりアイマスク。

邪念を必死に頭から追い出して、自分に言い聞かせる。

顔に集まった熱が掌に移ればいいのにと思いつつ、温める為に手を重ねた。

「いたいの、いたいの、とんでいけ」

レオンハルト様の痛みや辛さが、少しでも軽くなればいい。

苦しいのが薄れるなら、私が半分もらうから。

そんな願いを込めながら、じっとレオンハルト様の目を温め続けた。

どのくらい、そうしていただろうか。

ふと、眉間の皺が消えている事に気付く。

どうやら、ホットアイマスクの役目を無事に果たせたらしい。

安堵の息を零した私は、そっと掌を退《ど》けた。

ご褒美として安らかな寝顔を見るくらい、許されるかな、なんて。

言い訳めいた言葉を胸中で呟きながら覗き込んだ先――、薄く開いた目と、視線がかち合った。

「…………」

「…………」

互いに、言葉はない。

私は驚きすぎて、頭の中が真っ白になっているから。レオンハルト様はおそらく、寝起きで思考が追いついていないんだと思う。

………ど、どどどどど、どうしよう……っ？

私はレオンハルト様を覗き込んだ体勢のまま、固まっていた。表情筋すら役目を放棄している。

汗腺《かんせん》だけは働いているらしく、背中を冷や汗が流れ落ちた。

判決《はんけつ》を待つ罪人のような心境で、レオンハルト様の一挙一動《いっきょいちどう》を見守る。

レオンハルト様はぼんやりした様子のまま、じっと私の顔を見つめていた。

意外に長いと知ったばかりの睫毛が、数度瞬く。

「あ、あの、私……っ」

勝手に入ってしまって、すみません。起こしてしまってごめんなさい。

淑女《しゅくじょ》としてあるまじき行いに、幻滅してしまいましたか？

頭の中にたくさんの言葉が思い浮かぶけれど、どれも声にならない。

あうあうと、呻く事しか出来ない自分が情けなかった。

どうしよう、呆れられる。怒られる。嫌われちゃう。

焦れば焦る程に、空回りする。

しかし、挙動不審な私を見ているはずのレオンハルト様は、反応を示さない。

混乱していた私だったが、暫くしてレオンハルト様の様子がおかしいと気付いた。

「レオンさま……？」

レオンハルト様はゆっくりとした動作で、私の方へ手を伸ばす。

大きな手が私の頬を包む。硬い掌が、壊れ物を扱うような手付きで輪郭《りんかく》を辿る。愛しむように、慈しむように、そっと。

泣き笑うみたいにくしゃりと顔を歪めた彼は、安堵の息を吐く。

「今日は、泣かさずに済んだ」

「……？」

触れられた事に焦っていた私は、レオンハルト様の言葉に目を丸くする。

いつ私が、レオンハルト様に泣かされたと言うんだろうか。

確かに私は泣き虫だし、レオンハルト様の傍だと安心して泣いてしまう事が何度かあったけれど……この言い方は違うよね。

「れお、っ、わっ⁉」

言葉の意味を問おうとした声は、中途半端に途切れる。

頬を撫でていた手が首の後ろへと回って、そのまま引き寄せられた。

世界が揺れる。薄手のカーテンがひらりと揺れて、差し込んだ光が波打ち際みたいにキラキラと輝いた。

頬に当たる、硬い胸板の感触。薄いシャツ越しにじんわりとした熱が伝わってくる。鼻孔を掠めるのは、クセのない爽やかな香りに混ざる、僅かな汗のにおい。その奥に、少し甘くて、落ち着いた香りを感じる。

すれ違った時に微かに香る程度だったレオンハルト様の匂いを、ダイレクトに吸い込んでしまった私は混乱した。

頭が一瞬で沸騰する。

咄嗟《とっさ》に起き上がろうとしたけれど、後頭部と腰に回っている腕に阻《はば》まれた。

な、ななな何で⁉　なんで私、レオンハルト様に抱きしめられているの⁉

「ひょっ⁉」

鳴き声じみた悲鳴が、口から飛び出す。

既にいっぱいいっぱいだった私は、頭に頬擦りされた事で限界を超えた。

無理‼　無理だから‼

ご褒美だとしても、一気に寄越《よこ》されたら受け止めきれない。過剰摂取で死んでしまいます‼

漫画だったらぐるぐるの目になっているだろうと、どうでもいい事に思考が飛ぶ。私が涙目になっている間にも、レオンハルト様は追撃の手を緩めてはくれない。

後頭部に回した手が、乱れた私の髪を耳に掛ける。顕《あらわ》になった耳元を吐息が掠めた。

「何処にも行くな」

寝起きの掠れた声を耳元に直接注ぎ込まれて、ゾクゾクと甘い痺れが体中を駆け巡る。

何がなんだか。一体、何が起こっているのか。

状況は全く理解出来ない。でも、年がら年中、周りを飛び回る羽虫の如く、傍をうろちょろしている私に言うセリフじゃない事だけは分かった。

暗いし、寝ぼけて誰かと間違ってないよね⁉

あっ、駄目だ。その方向性で考えると、確実に自分への致命傷となって返ってくる。

慌ててネガティブな考えを振り払う為に頭を振ると、腕の拘束が強まった。もしかしたら、私が逃げ出そうとしているように感じたのかもしれない。

「オレを置いていかないでくれ」

痛いくらいの腕の力は、まるで縋《すが》るようにさえ感じた。

「…………何処にも行きません」

気付けば、自然と言葉が零れ落ちていた。

人違いでも、寝ぼけているのでもいい。

安心させてあげたいという気持ちだけが、私を突き動かす。

「ずっと貴方の傍におります」

レオンハルト様の胸に頬を寄せる。

私の方から抱きつくと、腕の力が弱まった。

じっと待っていると、やがて腕から完全に力が抜ける。

静かな寝息が聞こえたので、恐る恐る顔を上げると、レオンハルト様の目蓋は下りていた。

どうやら、本当に寝ぼけていたらしい。

寝顔はさっきまでの顰《しか》めっ面《つら》とは違い、とても安らかだ。

起こさないようにゆっくりと腕の中から抜け出すと、レオンハルト様が小さく呻く。私はビクリと固まるが、起きる様子はない。

足音をたてないようにそろり、そろりと入り口へと向かう。

ゆっくりと閉めた扉に凭れる。

「…………」

はぁ、と肺から全て押し出す勢いで、深く息を吐く。全身から力が抜けた。

今更ながら、全力疾走した後みたいに、心臓がバクバクと脈打っている。真っ赤になった顔を両手で押さえた私は、その場にずるずるとしゃがみこんだ。

「心臓壊れそう……」

呟いた声は、自分のものとは思えないほど、情けなく掠れていた。

膝を抱えて座り込んでいた私だったが、ふと我に返る。

ここはレオンハルト様の執務室だ。クラウスが見張ってくれているとはいえ、いつ誰が訪れるか分からない。それに何より、レオンハルト様が起きてしまったらまずい。

さっさと退散しなければ。

そう思うのだけれど、上手く立ち上がれない。

よろよろ、ふらふらと体が揺れる。生まれたての子鹿の如き有様だ。

壁に手をつきながら、なんとか体勢を整える。

こんな情けない姿をクラウスに見られたら、なんて言われるか分からない。

どうにか平常心を取り戻さなければと、深呼吸を数回、繰り返した。

頬に手を当てて、熱が引いたのを確認する。

もう一度深呼吸をしてから、内側からそっと扉を叩いた。

ゆっくりと扉が開き、「今なら大丈夫です」と小声で促されるのに従い、静かに部屋を出た。

「見張っていてくれて、ありがとう」

「いえ。用事は……」

お済みになりましたか、とたぶん続くはずだったんだと思う。

しかし言葉は不自然に途切れた。私の方を向いたクラウスの笑顔が凍りつく。

こ……こわ！　こっわ!!

思わず、「ひぇ」と引き攣った悲鳴が洩れる。

それくらい、クラウスの顔は怖かった。

目をカッと見開いたまま無表情で見下ろされる恐怖と言ったら、筆舌《ひつぜつ》に尽くし難い。いつも爽やかな笑顔だから差が際立って、余計に恐怖を煽《あお》る。

人でも殺しそうな顔しているんだけど何で？

ていうか、瞳孔《どうこう》開いてないか？

「く、クラウス……？」

恐る恐る声をかけるが、返答はない。

チャキ、という硬質な音が鳴り、視線をそちらへ向けると、クラウスは腰に佩《は》いた剣の鍔《つば》を親指で押し上げていた。

ちょ、まままま待って‼　なんだか知らんが待ってぇえええええ！

「クラウスっ！　ここ、城！　城の廊下！」

手をぶんぶんと振りながら、なんとか剣を抜くのを止《や》めさせようとする。カタコトになっているけど知った事か。

慌てふためく私を無言で眺めていたクラウスは、数秒の間をあけて、今度はにっこりと笑った。

しかし、細められた目は全く笑っていなくて、余計に怖い。

「貴方様に仇《あだ》なす不忠者《ふちゅうもの》は、誰であろうとも容赦致しません。獅子だか狼だか知りませんが、己の理性一つ飼い慣らせない獣《けだもの》は、今すぐ処分してしまいましょう」

背筋が凍るような完璧な笑みと、つらつらと淀みなく紡《つむ》がれる低い声に圧倒されていた私だったが、内容を理解してから目を丸くする。

「えっ？」

クラウスが言う獅子とは、おそらくレオンハルト様の事だろう。

彼が不忠者だとか、私に仇なすとか、意味が分からない。

ぽかんとした私にクラウスは手を伸ばす。

「……御髪《おぐし》が乱れております」

とても不機嫌そうな声で言いつつ、クラウスは私の髪を整える。

言われた言葉が脳に浸透し終えると共に、私の顔は瞬時に沸騰した。

「……っ」

抱き締められた記憶が鮮明に蘇り、赤くなった顔を隠すように両手で覆う。

「やはり処しますか」

人でも殺してきたのですかと問いたくなるような凶悪な顔で、クラウスはボソリと呟く。

「止《や》めて⁉　な、何もなかったから、剣を収めて頂戴」

「しかし……」

「なかったと言っているの」

重ねて言うと、クラウスは溜息を吐き出す。

剣の鞘《さや》と鍔が合わさる音がして、「かしこまりました」とクラウスは答えた。その前に、チッと舌打ちが聞こえた気がしたが、気の所為だと思っておこう。

いつまでも廊下で問答していては誰かに見つかりかねないので、さっさと退散する事にした。自室へと戻る途中で、ふと思いつきルートを変更する。


「不眠に効く薬？」

久しぶりに会ったクーア族の皆は、私を温かく出迎えてくれた。

書類整理をしているヴォルフさんを手伝いながら用件を伝えると、彼はパチパチと瞬いた。

「アンタ、眠れていないの？」

作業の手を止めたヴォルフさんは、私の方へ身を乗り出す。頬を両手で挟まれて、親指で目の下を押さえて眼球を覗き込む彼は、お医者さんの顔をしていた。

「私じゃないんです」

野性味の強い美貌が間近に迫り、私は慌てて身を引こうとする。でも顔を固定されているので失敗に終わった。

「じゃあ誰」

「……えっと」

目を合わせたまま問われて、私は口籠る。疚《やま》しい事なんて無い筈なのに、つい視線を彷徨わせてしまう。

ヴォルフさんは、私の様子を見て何かを察したように目を眇めた。

至近距離でじっと見つめられて居心地の悪さを感じていると、ヴォルフさんと私を引き離す形で、クラウスが間に入った。

「近い」

「相変わらず優秀な番犬ね」

端的に告げて睨むクラウスに、ヴォルフさんは肩を竦めて苦笑した。

「そこの兄さんが不眠になるとは思えないし……もしかして、あの色男かしら？」

あの色男も、そんな繊細そうには見えなかったけど、と付け加えるヴォルフさんに、私はなんと答えていいのか分からなかった。

色男だけでは、レオンハルト様の事だと判断するのは早計《そうけい》。

でも、十中八九正解だろう。ヴィント王国の辺境の村で、一応二人は会っているし。それに私の恋心は各方面にバレバレらしいし。

赤い顔で黙り込む私を、ヴォルフさんは黙って見ている。

今日一日で何度も赤面しているのだから、そろそろ落ち着いてもいいのに。すぐ顔に出る自分が情けない。

「……面白くないわー」

腕組みをしたヴォルフさんは、不貞腐《ふてくさ》れた子供みたいな顔で呟いた。

「純粋で純情なうちの主人が、あんな百戦錬磨っぽい色男の毒牙にかかるなんて。騙されて泣かされるんじゃないかと心配で見ていられない」

「そんな人じゃありませんよ」

どうだか、とヴォルフさんはそっぽを向くけれど、本気で言っている訳ではなさそうだ。

病が蔓延《まんえん》している村にやってきて、共に働いていたレオンハルト様が、悪い人ではないとヴォルフさんも知っているだろうし。

「今は優しくても、結婚したら豹変《ひょうへん》する男だっているのよ」

「けっこん……」

忠告は耳を素通りして、都合の良い単語だけ拾う私に、ヴォルフさんは苦虫を噛み潰したような顔になった。

「心配だわ……。アンタがお嫁に行く時には、嫁入り道具に紛れてついて行っちゃおうかしら」

溜息と共に吐き出された言葉に、私は吹き出しそうになった。

何故だ。何故私の嫁入り道具が、私の意思とは関係ないところで増えていくんだ。

私が知らないだけで、嫁入り道具という言葉には色んな意味があるのか？　なんかの隠語《いんご》だったりする？

市井《しせい》では鉄板のジョークか何かなのか。

「……嫁入り道具になるのって、最近の流行《はや》りだったりします？」

「は？　どんな流行よ、ソレ」

私が聞きたいと心の中でぼやきつつ、「ですよねー」と乾いた笑いを洩らした。

「変な子ね」

ヴォルフさんは不思議そうに首を傾げつつ、席を立つ。戸棚へと近付いた彼は、小さな紙袋を手に取った。

「マリー」

「えっ、わわっ」

ぽん、と軽く投げ寄越された物を、なんとかキャッチする。

紙袋は予想以上に軽く、揺らしても乾いた音が微かに鳴るだけだ。

「それ、リリーが調合したお茶よ。寝る前に飲むと、よく眠れるって評判なの」

ぽかんとした後、手元とヴォルフさんを交互に見る。

ヴォルフさんは、きまり悪そうな顔で視線を逸らした。

「ありがとうございます！」

「……お礼なら、後でリリーに言って頂戴」

「はいっ」

リリーさんは甘いものが好きだから、後でクッキーを焼いて差し入れがてら、お礼に行こう。どうせなら沢山焼いて、クーア族の皆で食べてもらいたい。

……レオンハルト様にも、お茶を渡すついでに差し入れてみようかな。

善意半分、下心半分。近い未来の幸せな予定を思い浮かべ、私は小さく笑った。

騎士団長の夢現《ゆめうつつ》。

目蓋《まぶた》を押し上げる。

見慣れた休憩室の天井を、薄手のカーテン越しに差し込んだ光がひらひらと泳ぐ。その光景に暫し見惚れた。

「……」

ぼんやりとしたまま、手探りで時計を探す。だが生憎《あいにく》と傍にはなかった。コートハンガーにぶん投げた上着の内ポケットに入れたままだろう。

周囲の明るさからして、仮眠した時間はおそらく一時間にも満たない。だというのに、かつてない程、疲れがとれていた。

額に手を当てながら、体を起こす。最近では常に感じていた頭痛もない。

短時間でも深く眠れたのが良かったのだろうか。

「……今日は見なかったな」

悪夢を見ずに済んだ事が、一番の大きな要因かもしれない。

慣れ親しみたくもないのに、連日のように見る悪夢ではなく、とても良い夢を見たような……。

「……?」

自分の手を見下ろし、何度か握って開いてを繰り返す。

やけに現実感のある夢だった。

まだ感触が残っているような錯覚に陥る。顔を掠めた髪の柔らかさや、首筋から香る甘い匂い、吐息の熱さえも。

「……」

掌の感触を追うように、ゆっくりと指を握り込む。

拳を鼻先に近付けると、仄《ほの》かに香りが残っているような気がして、我ながら末期だなと自嘲の笑いが洩れた。

仮眠しているオレの許へ、あの方が来るだなんてどんな妄想だ。

あり得ない状況過ぎて、勘違いも出来ない。

まず、どんな理由があってオレの許を訪ねてくれるというのか。

それに、もし何らかの理由があって執務室を訪ねてきてくれていたとしても、慎み深いあの方は、オレが眠っていると知ったらすぐに立ち去ってしまっただろう。

一つ一つ理由を挙げていくと、少し頭が冷える。

「やっぱり夢か」

呟いた己の声に胸が痛んだ。

どうやら自分は、あの光景を夢にはしたくなかったらしい。

乾いた笑いを零しながら、首の後ろを掻く。大きく開けた襟ぐりが縒《よ》れて、更に見苦しい恰好になった。

こんなだらしない姿を見られなかった事を喜ぶべきだろう。

オレを出来る大人の男だと思ってくださっている節があるから、幻滅されかねない。

後ろに倒れ込むように、再びソファに体を沈める。

実物のオレは、そこらにいるむさ苦しい男共と何も変わらない。

職務中は身なりにも気を付けているつもりだが、少しでも気を抜くとこうだ。服は着崩れているし、頭はボサボサ。それに恐らく汗臭いし、男臭い。

こんな惨憺《さんたん》たる有り様であの方を抱き締めるなんて、正気だったら出来なかった。

拒絶されたら、暫く立ち直れないだろうからな……。

自分の情けなさを鼻で嗤った。

夢だから手を伸ばした。夢だからこそ、受け入れてもらえた。

それを忘れてはならない。

『何処にも行きません』

「……っ」

胸に染み入るような柔らかい声が、耳の奥で蘇る。

胸を貫かれたような衝撃に息が詰まった。

湧き上がる歓喜と、それを上回る慚愧《ざんき》の念が混ざり合って吐き気がする。

夢とは、かくも醜悪なものか。

大切な方の存在を自分勝手に歪め、聞きたい言葉を無理やり言わせた。中身の伴わない人形劇に喜んでいる自分が、酷く滑稽《こっけい》だ。

愛しい方を辱《はずかし》めるなと自分に怒りを抱くのに、それでも。

『ずっと貴方の傍におります』

それでも、嬉しいと。その言葉が欲しかったのだと心の奥底に沈めた本音が叫ぶ。

どう取り繕っても変わりはしない。

オレは、あの言葉が欲しかった。あの方が、欲しくて、欲しくて堪らないんだ。

「……」

腹の底から空気を押し出すように、長く息を吐き出した。

体から力を抜いて、目を閉じる。

夢でも幻でもいいから、もう一度。

情けない事は重々承知の上で、願う。今眠ったら、続きが見れやしないかと。

そんなオレを嘲笑うかのように、休憩室の扉が鳴った。

「オルセイン団長、お休みのところ申し訳ございません」

扉の外から聞こえる副官の声に、薄目を開ける。

どうやら甘えは許されないらしい。

「入れ」

溜息と共に未練を吐き出してから、身を起こした。

偏屈王子の戦慄。

インクで署名《しょめい》した自分の名前、ナハト・フォン・エルスターの文字がぼやける。

目を眇めてから、羽根ペンを置いた。眉間を指で摘《つ》まんで揉み解す。

首を軽く回すと、バキボキと不快な音が鳴った。

顔を上げると、窓からは西日が差し込んでいるのが見えた。作業を始めたのは午前中だったのだから、昼食抜きで既に六、七時間ぶっ通しで働いていた事になる。

どうりで体中が痛い訳だ。

鈍い痛みを訴える側頭部に手を当てながら、椅子から立ち上がる。

室内を見回すと、入り口に近い場所に侍女が使う銀色の配膳台が置かれていた。近付いて被せてあった布を取ると、軽食と水差しが現れる。

おそらく兄上か父上の指示で、誰かが届けてくれたのだろう。作業に集中して気付かなかったのか、私達を気遣って声を掛けなかったのかは分からないが。

「ヨハン」

振り返って呼ぶと、書類の山の向こう側で金色の頭が動く。

鈍い動きで顔を上げた友人は、酷い顔をしていた。髪が乱れ、目は充血《じゅうけつ》している。顔色も悪い。

普段は光り輝くような美貌も、こうなってしまうと形無《かたな》しだ。

「休憩にしよう。このまま続けていたら、効率が落ちる」

軽食を指差して提案すると、少し考える素振りを見せたが反論は無かった。たぶん、効率が落ちるという点で意見が一致したのだろう。

応接用のソファとテーブルの傍まで、配膳台を押して運ぶ。

ヨハンは席を立ってから、体を解す為に背伸びをする。両手をぶらぶら振りながら、こちらへとやって来た。

グラスへと注いだ水を手渡す。

「紅茶が飲みたいなら、自分でやるか使用人を呼べ。私には無理だからな」

「ありがとうございます、ナハト。水で十分ですよ」

受け取ったヨハンは一気に呷《あお》った。喉を鳴らして飲み下し、手の甲で口元を拭う仕草は疲れた顔も相俟《あいま》ってか、やけに男臭い。

彼の甘い笑みと貴公子然とした立ち振る舞いに見惚れるご令嬢方が見たら、どんな反応をするのだろうか。ふとそう思いついて、ヨハンを見る。

「なんです?」

視線に気づいたヨハンは、訝《いぶか》しむような顔になった。

疲れた顔をしていても、気怠《けだる》げな様子であっても、顔立ちがいい事に変わりはない。きっとご令嬢方は、これはこれで良いと騒ぐのだろうなと、結論づけた。美形は得だ。

「なんでもない」

手拭きを手渡すと、首を傾げながらもヨハンは受け取った。

ソファに腰掛けたヨハンの向かいの席に腰を下ろす。

自分のグラスのついでにヨハンのグラスにも水を注ぐ。一口飲むと、爽やかな柑橘《かんきつ》系の香りが鼻へ抜ける。どうやらレモンの果汁を混ぜてあるらしい。

ヨハンは皿の上のサンドイッチに手を伸ばす。

ローストビーフとレタスが挟んであるそれに、齧《かじ》り付いた。大口を開けているのに、下品に見えないのはさすがだと思う。

「……商人達の様子はどうだ？」

咀嚼《そしゃく》し飲み込んだのを見計らって話しかける。ヨハンは流し込むように水を飲んでから、息を吐いた。

「控え目に言っても、大混乱ですね」

疲れたような声に、「だよな」と相槌《あいづち》を打つ。

ローゼマリー王女殿下暗殺未遂の一報は、弟であるヨハンだけでなく、我が国にも大きな影響を及ぼした。

ネーベル王国は我が国の同盟国である。

そしてローゼマリー王女殿下個人も、大切な恩人だ。

流行り病の薬を届けただけでなく、自ら病人の看病にあたったかの御方は、我が国の民衆に絶大な人気を誇る。

ネーベル王国を支持する声明を発表する事は、もはや民意《みんい》であるとも言えた。

そうして、経済制裁に踏み切るネーベルと足並みを揃える形になる訳だが。

ラプターとの交易に関わる品に制限がかかるとなると、真っ先に影響が出るのは商人だ。

「ただ、商機とも考えているようです。彼等、商売人は本当に逞しい」

そう言ってヨハンは、少し眦を緩める。呆れと感嘆が混ざったような笑みだった。

「前向きに捉えてくれるならば、こちらも働く甲斐があるというものだ」

執務机に積み上がった書類を一瞥し、口角を吊り上げる。

父上は、国内外から寄せられる文書や謁見《えっけん》を希望する要人らの対応に追われている。宰相《さいしょう》と兄上は、その補佐を。

そして私は、ラプターとの交易品の扱いについて、過去の資料を元に検討《けんとう》している。

全ての品の交易を止めるのは実質難しい。ならば、どの品にどの程度の関税を掛けるのか。交易を全面的に凍結した品に関しては、別の国からの輸入は可能か。

もちろん、私のような若造に全てを取り仕切るのは難しい。大まかに振り分けた後、有識者を交えての会議で話を詰める予定だ。

ヨハンには私の補佐と、商人達との仲介を任せている。

「そうだ」

ヨハンは何かを思い出したのか、席を立つ。書類の山から一枚の紙を引き抜き、私へと手渡した。

「ナハト。これを機に、木材の一部をシュネー王国から輸入してはどうかと思うのですが」

「シュネーから？　木材は国内の自給で賄《まかな》えるだろう？」

書面を眺めながら、問い返す。

シュネー王国は我が国の北に位置する。

寒さが厳しい国で、主な輸出品は木材と毛皮。ラプター王国の主力輸出品と被るが、売る先が異なっている為に、表立っての争いはない。

「国内の森林伐採《ばっさい》に制限を設けたとはいえ、国内需要は満たせる筈だ。それにシュネーの木材は高い」

「シュネー産の木材は乾燥に手間をかけているので高価ではありますが、その分、品はかなり良いですよ」

「高品質、高価格で売り出すという事か」

ふむ、と頷きながら視線だけで書面の字を追う。

国産の木材とは用途も客層も別。ならば一考の価値がある。

ラプターから輸入している木材は、貴族に需要のある高級家具に使われる事が多い。

それの穴埋めとして役立つかもしれないな。

「ヴィントには腕の良い職人も多い。加工してから、輸出するのも一つの手でしょう。シュネー産の針葉樹は、硬く耐久性に優れており、また加工がしやすいという利点があります。材質は家具や楽器に適していて……」

ヨハンはシュネー産の木材の特徴と適した加工品を、本も見ずにつらつらと挙げた。古参の商人も舌を巻く知識量は、流石としか言いようがない。

ソファの肘掛けに頬杖をついた姿勢で、ヨハンの提案を黙って聞いていた。ふと苦笑を零すと、彼は言葉を途中で止める。

不思議そうな顔で、軽く首を傾げた。

「僕は何かおかしな事でも言いましたか？」

「いや。母国ではなくここで、その優秀な頭脳を使わせているのが申し訳なくてな」

本来ならヨハンは、とっくにネーベルへ帰国していた筈だった。

古馴染《ふるなじ》みであったギーアスター卿の葬儀も終わり、親しい友人らに挨拶を終え、後は帰るだけという段階で、件《くだん》の一報が入った。

第一王女の暗殺未遂と、主犯であるラプター王国への抗議。

情報漏《ろう》えいを防ぐ為にか、第二王子であるヨハンも直前まで知らなかったと言う。

あれ程に慕っていた姉君の事だ。さぞ荒れるだろうと考えた私の予想を裏切り、ヨハンは泣き喚《わめ》いたりしなかった。誰彼構わず当たり散らす事もなく、寧ろ静かだった。

殆どの人間は、衝撃が大きすぎて反応出来ていないのだろうとヨハンを気遣った。父上さえもそっとしておけと言っていたが……。

報《しら》せを聞いたヨハンの横顔を間近で見てしまった私は心の中で、ヨハンがそんな殊勝な男な筈ないだろうと毒づいたものだ。

あれは、悲しんでいたのではない。衝撃を受けて立ち直れなかったのでもない。

彼の中にあったのは、おそらく激しい怒り。大切な姉君を害そうとした輩《やから》への、純粋な殺意だった。

「同盟国であるヴィントが豊かになる事は、ネーベルにとっても利になります。僕の頭脳ごとき、いくらでも使ってください。微力ながらお手伝いさせていただきましょう」

そう言ってヨハンは、口角を吊り上げる。

笑顔とはこうあるべきだというお手本のような、綺麗な笑み。しかし、それを見た私の背筋を冷たい汗が伝い落ちる。

ヨハンの言葉は、嘘ではないだろう。

ヴィントが豊かになる事を喜ばしいと思ってはいる。しかし、一番の願いはソレではない。

この経済制裁を機に、世界からラプターだけが弾かれる事を望んでいる。

じわじわと、ゆっくりと。かの国が衰退《すいたい》する事こそが願い。そんな薄暗い欲望が、透けて見えた。

『消そう』

王女暗殺未遂の一報を聞いたヨハンは、表情の全てを削ぎ落とした顔でそう呟いた。

長年の友人であるはずの彼が、全く知らない生き物に見えた瞬間だった。

彼が何を消そうとしているのか。

問いかける事は、きっと一生ない。

或る王女の溜息。

オーケストラの演奏に合わせて、着飾った男女が楽しそうに踊る。

女性達が身につける宝飾品の殆どは、石の部分がやけに大きい。今年の流行りなのだろうが、派手に輝く様はいっそ笑えるくらいに下品だ。天井から吊り下がっているシャンデリアの光を弾いて、目に痛い。

食事が用意されている場所では、目でも楽しめるようにと鮮やかな色彩の菓子が塔のように美しく積み上げられている。

広いテーブルを埋め尽くすかの如く並べられたケーキは、殆ど手をつけられていないまま。豪華食材を惜しげもなく使った料理も同じ。

紳士らはワインばかりを消費し、コルセットで締め上げられた淑女らはおしゃべりに夢中。そうでなくとも、女性が舞踏会《ぶとうかい》で食事をする事は、はしたないと考える風潮がある。

今夜の料理もいつもと同じく、廃棄《はいき》される運命のようだ。

冷めた目でホール全体を眺めていた私の耳に、大きな笑い声が届く。

「ネーベルの連中は、相変わらず腰抜け揃いだ」

賑やかな会場の中でも一際騒がしい集団の中心にいるのは、私の父——ラプター国王、バルナバス・フォン・メルクル陛下。

パーティーの度に浴びる程ワインを飲む国王は、既に顔は真っ赤で足元がおぼつかない様子だ。妻ではない女性を侍《はべ》らせ、顔色を窺《うかが》うだけの佞臣《ねいしん》に囲まれて機嫌良く笑っている。絵に描いたような暗君《あんくん》ぶりに、もはや怒りも湧かない。

「奴等は、戦争を仕掛けてくる度胸もないのだな」

「勇猛果敢《ゆうもうかかん》な陛下に、恐れをなしたのでしょう」

「かの国の国王陛下は、とても美しい方。きっとペンより重いものを持った事がないのでは？」

下品な女の笑いに釣られるようにして、ドッと笑い声が起こった。

勇猛果敢と讃《たた》えられた国王は、四十路《よそじ》を過ぎた頃から目立ち始めた腹を揺らし、噎《む》せそうなくらいに笑っている。

昔は剣聖《けんせい》と呼ばれたなどと嘯《うそぶ》いていたけれど、どこまで本当なのか。大方、貴族の子息同士の剣の試合で負けなしだったとか、その程度の話だろう。忖度《そんたく》されている事にも気づかないお目出度《めでた》い人だから。

「やぁ。楽しんでいるかい、ユリア」

名を呼ばれて、顔を上げる。

目の前に立っていたのは、美しい顔立ちの紳士。

項《うなじ》の辺りで結った長い黒髪に、優しげな印象を与える菫《すみれ》色の瞳。今年三十八歳となった叔父は、独身生活を謳歌《おうか》しているからか、驚くほど若いままだ。

兄弟で十の年の差があるとはいえ、至る所に老いの兆候が見え始めた国王とは似ても似つかない。

「ごきげんよう、王弟殿下《おうていでんか》」

「水臭いな。昔みたいに叔父様と呼んでおくれ」

カーテシーをすると、叔父は苦笑する。

是とも否とも言いたくはなかったので、どちらともとれる笑顔を返した。もっとも、叔父は私の意図を汲《く》み取り、苦笑いを深めただけだったけれど。

「君のように美しい姫君に、壁の花は似合わないね。さっきから君に声をかけようとする男達が牽《けん》制《せい》し合っているようだよ」

知っている。知っていて、声を掛けられないように逃げていた。

私を巻き込まず、勝手に潰し合っていればいい。

「まぁ、お上手」

口元を扇《おうぎ》で隠しながら、目元だけ笑っている振りをする。

意味のない会話をしていると、会場に流れる曲が変わった。叔父は、舞台上の役者のように気障《きざ》な仕草で私に手を差し伸べる。

「抜け駆けをするようで心苦しいが、一曲踊っていただけますか?」

「よろこんで」

溜息を吐《つ》きたい気持ちを押し殺し、叔父の手に手を重ねた。

抜群の安定感と、流れるようなリード。女性の扱いはお手の物らしい。社交界一の色男と呼ばれるだけはある。

貴婦人達がうっとりと見守る中、叔父は笑顔で口を開く。

「ユリア、今日のドレスは素晴らしいね。地味……いや、慎《つつし》み深い色とデザイン……いったい、どこの未亡人が紛れ込んでいるのかと思ったよ」

周囲から人がいなくなった途端、コレだ。

発言の全てが酷いのだから地味という単語だけを言い直しても、まるで意味がない。

深い緑を基調にして、ツヤのない銀糸《ぎんし》で模様を描き、薄いグレーのレースを組み合わせたドレスは確かに地味だ。

しかし、亡きお祖母《ばあ》様のドレスを仕立て直したので、品質はかなり良い筈。

「……殿下を熱い目で見つめている御婦人方に、聞こえてしまいますわ」

「こんな煩い中で、人の話し声など聞こえやしない。別に聞こえても構わないけどね。ああいう女性達は、見たいものだけ見て、聞きたい事だけを聞く。一晩経ったら聞き間違いで終わるさ」

酷い言い草だと思う。しかし、あながち的外れではない。

彼女達が望んでいるのは、地位も金も人望も全てを持ちながらも驕《おご》り高ぶらない、気さくな王弟殿下だ。

間違っても笑顔で姪《めい》を貶《おとし》める、二重人格の腹黒男ではない。

「いつか刺されますわよ」

「心外だな。僕は夢を提供しているに過ぎないよ」

「よく回るお口ですこと。身を滅ぼす前に、そのいい加減な性格を改めては如何？」

貼り付けたような笑みを、叔父は一瞬だけ消す。

「このいい加減な性格が、僕の命を守っているのに？」

皮肉げに口角を吊り上げたが、それは瞬きする間にさっきまでの笑顔に挿《す》げ替えられていた。

私が何かを言う前に、叔父は私の腰を引き寄せる。くるりと回る瞬間に耳元で、「君が王女として生まれた事が、幸運だったようにね」と呟いた。

我が国の国王にとって、出来の良い弟や息子は身内ではなく、自分の地位を脅《おびや》かす邪魔者だ。

叔父が自分の優秀さを周囲に示し、身を固めて子宝に恵まれていたとしたら、今この世にいなかったかもしれない。

私も利用価値のある王女でなく、王子であったなら。王太子である兄が、病弱で大人しい人でなかったら。きっと国王は、自分の子供であっても容赦なく手にかける。

存在を軽んじられていたからこそ、生き残れたというのは何とも皮肉な話だ。

「……それでも」

深く呼吸をしてから、真正面から叔父と視線を合わせた。

「そろそろ、目を覚ましてくださいませ」

叔父は無言で、じっと私を見つめる。

影が差した菫色の瞳は黒にも見えて、底知れぬ闇を思わせた。

長い沈黙が落ちる。そうしている間に音楽が終わり、私は叔父から一歩離れた。

このまま別れては、今度いつ話が出来るか分からない。どうにか連れ出す方法を脳内で模索する。

考え事をしていた私は、顔をあげた瞬間、しまったと思った。

叔父の肩越し、遠くにいる国王と目が合ってしまった。呼びつけられるのが、目に見えている。

国王と取り巻き達のくだらない話のネタとして、時間を割《さ》かれるのは避けたい。しかしもう、国王の視線は私を捉えてしまっている。

諦観《ていかん》にも似た脱力感を覚えながら、叔父の手を離す。

国王が口を開こうとした瞬間、私の体がぐらりと揺れる。

「ユリアっ！　大丈夫かい？」

ふらついた私を抱き留めた叔父は、心配そうな表情で覗き込んでくる。

驚きに反応が遅れた私が声を発する前に、叔父は言葉を続けた。

「きっと疲れたんだろう。今日はもう部屋で休みなさい」

自分で足を引っ掛けておきながら、なんとも白々しい。

ドレスの陰に隠れて器用に転ばせたらしく、周囲の誰も気付いていなかった。

「兄上、具合が悪いようなので、ユリアは休ませますね。部屋まで送りますので、僕もこれで失礼致します」

「あ、ああ。……頼んだぞ」

にっこりと笑顔で宣言する叔父に、誰も何も言えない。私は叔父に支えられるようにして、会場を抜け出す事に成功した。

会場から遠ざかる程に、人がいなくなる。叔父が護衛騎士も遠ざけてしまったので、閑散《かんさん》とした廊下にいるのは私達二人だけだった。

「素晴らしい宴《うたげ》だったね」

叔父は笑顔のまま、吐き捨てるように言った。

「ええ。まるで夢のようでしたわ」

豪奢《ごうしゃ》な衣装と宝石に、捨てられるだけの豪華な料理の数々。

現実が見えていない人間が大勢いると理解出来た、有意義な時間だった。

戦争と違って経済制裁は、目に見える効果が出るまでに時間がかかる。王都に住む王侯貴族にまで影響が及ぶのは、まだ先の話。

眼前の景色が変わるまで、彼等は目を逸らし続けるのだろう。

国の心臓部である王都に影響が出る頃には、全てが手遅れだというのに。

舌打ちしたい気持ちを押し殺し、唇を軽く噛む。

叔父はそんな私を眺め、やれやれと言いたげに肩を竦めた。

「熱くなるのは似合わないよ」

「熱くなっているのではありません。お分かりでしょう?」

愛国心や正義感で、苛立っているのではない。

愚かな人間に足を引っ張られ、共倒れするのが馬鹿馬鹿しいだけ。

利己的な合理主義者である部分だけは、私と叔父はよく似ているのだから、その辺りは理解しているはずだ。

部屋に辿り着くと、叔父は私から離れた。出ていくつもりはないらしく、ソファへと向かう。優美な外見に似合わず、どかりと乱暴に腰を下ろした叔父は、苛立たしげに後頭部を掻きながら足を組んだ。

「夜に淑女の部屋に居座るおつもりですか」

「具合の悪い姪を看病する優しい叔父だと噂になるだけだろう。安心してくれ。僕のお相手になる女性は、肉感的な美女ばかりだから邪推《じゃすい》もされない」

「殿下が刺されてお亡くなりになった際は、国をあげて盛大にお祝いしたいと思いますわ」

パチンと音をたてて扇を閉じ、溜息を吐き出す。叔父の向かいの席に腰掛けた。

「僕は国政に興味はない。適当に遊んで暮らせるだけの金と、ほどほどの自由さえあれば、他には特にいらないんだ。地位も名誉も伴侶《はんりょ》も、必要ない。静かな余生《よせい》の邪魔になるだけだしね」

興味がないのではなく、興味を持たないよう己を律した結果だろう。

伴侶についても同じ。男児が生まれれば、脅威と見なされかねない。私が知らないだけで、叔父は多くのものを諦めてきたはず。

叔父は時折、木の虚《うろ》のように暗く空虚な目をする。社交界の華である王弟殿下でも、皮肉屋な叔父でもなく、人生に疲れ果てた老人のごとき表情が、この人の素顔なのかもしれない。

「では、亡命《ぼうめい》でも致しますか」

責めるでもなく静かに問えば、叔父は自嘲するように口の片端を吊り上げた。

「ネーベルを敵に回し、今後衰退が予測される国の王族を、何処が匿《かくま》ってくれるというのかな？」

国王は理解しようともしないが、世界の中心は我が国ではなくネーベルだ。

地理上の意味だけではない。ネーベルは経済的にも軍事的にも、他の追随《ついずい》を許さない強国となりつつある。

軍事だけで言えば、現段階ではまだ張り合える。

しかしもう、世界は戦争を必要としていない。スケルツという厄介者が消え、世界全体が平和主義を理想として変わり始めている。

必要なのは、剣ではなく金貨と物資だ。

「分かっているのなら、いい加減、駄々を捏《こ》ねるのはお止《や》めください」

今までも、水面下の争いはあった。多くはネーベル側が譲歩する事で、表面上の平和を保ってきた。

けれど今回は、これまでとは違う。

「要人がこぞって執心している至宝に手を出したのです。決着が付かない限り、ネーベルが手を引く事はないでしょう。我々に残された道は二つ。共に倒れるか、元凶《げんきょう》の首を差し出すかだけですわ」

もっとも、私は共に倒れるつもりなんて欠片もないけれど。

冷めた目で告げる私を、叔父は無言で見つめていた。

長い沈黙の後、叔父は目を伏せて長く息を吐き出す。

「全く……馬鹿な真似をしてくれたものだ」

ソファに身を沈めて天井を仰いだ叔父は、腹の上で手を組んだ。

呟く声には苦々しさが込められている。

「宰相や将軍は、相変わらず遠ざけられたままか。彼等が傍にいてくれたら、国王の暴走を止められたかもしれないのにな」

「国王は魔王に固執《こしつ》しております。お二人が進言しても、聞く耳を持たなかったでしょう」

ラプターが強国としての体裁を保てていたのは、側近達の力によるところが大きい。それを理解しているからこそ国王も、側近の話には比較的耳を傾けていたように思う。

しかし、魔王に関する事は別だ。

いくら苦言を呈しても、聞き入れられない。

それどころか目障りだと、有能な側近達は遠ざけられてしまった。

「くだらない。魔王なんて手に入れても、持て余すだけだろうに」

吐き捨てるような叔父の言葉に、私は軽く目を瞠《みは》る。

『魔王』という名は世界中に知れ渡っているが、殆どの人間にとってはお伽噺の中の悪役に過ぎない。

夜更《よふか》しする子供を寝かし付ける為の脅し役。遠い過去の話ですらなく、ただの作り話の中だけの存在だ。

我が国では何故か悪役ではなく、失われかけた命を救う役割で描かれる事が多いが、それだけの差。魔王が実在すると信じているのは、おそらくごく少数。国王と、幼い子供くらいのものだろうと思っていた。

だが今の叔父の発言は、魔王の存在そのものを否定していない。存在を肯定した上で、不要と言っているように聞こえた。

不機嫌そうに眉を顰めていた叔父は、ふと私の顔を見る。疑問が表情に出ていたらしい。数秒考えた後に叔父は、「ああ」と何かに思い当たったように短く呟いた。

「そういえば、君は王女だから知らないのだね。ラプターには王族の男子だけに教えられる古い伝承が存在するんだ」

「……それは、私が聞いても宜しいのですか？」

「伝承なんて仰々《ぎょうぎょう》しい言い方をしているが、どこまで本当なのかも分からない妄想の類だと僕は思っている。でも一応は、ここだけの話にしておこうか」

叔父は軽い口調で話し始めた。

「妄想？」

「ああ。ラプター王家は、魔王の血を継いでいるというとんでもない妄想だ」

呆気《あっけ》に取られた私の口から、「は」と気の抜けた音が洩れる。予想外なんてものじゃない。欠片も想像していなかったところに、話が飛んだ。

遥か昔、私達の祖先である一族の長《おさ》が病に倒れた。

不治の病で余命僅かだと悟った長は、神に縋り、どういう手段を用いたのかは不明だが、魔王の依代となる。

そうして健康な体と強大な力を手に入れた長は、周辺の有力な部族を一掃して、ラプター王国を建国した。

残念ながら世界を統一する前に封印されてしまったが、彼の子が次代の王となり、魔王復活を夢見て伝承を残した……らしい。

叔父の話を頭の中で簡単に纏めた私は、額に手を当てて項垂《うなだ》れた。

「……お待ち下さい」

比喩《ひゆ》ではなく頭痛がする。

魔王が実在すると仮定しても、おかしな点が多すぎた。

私の様子を眺めていた叔父は、同調するように苦笑を浮かべる。

「だから妄想だと言っただろう。願望と言い伝えが混ざり合って、既に原形をとどめていないのではないかな？」

「左様《さよう》でございますか」

声に疲れが出たが、取り繕う気も起きなかった。

我が国の始祖は、自我を保ったまま魔王の依代となった。そして、その子孫である王家の人間ならば魔王の制御も可能だと、国王はそう考えているという事か。

その強大な力を使い、世界を手にしようと。

「そこまで聞いて、君はどう思う？　魔王は必要かい？」

「不要ですわ」

即答すると、叔父は満足そうに頷いた。

「その伝承が全て事実だとしても、制御出来るという根拠はなに一つ明記されていないではありませんか。手に入れても身を滅ぼすだけです」

「僕も同感だ。そんな危険物をネーベルが保管してくれるというのなら、永遠に預けておけばいい」

合理主義者である私達の意見は一致した。

いかに壮大で浪漫《ろまん》溢れる話であっても、利益がないと分かったのなら追い求めても意味がない。

使い方の分からない武器などゴミ以下だ。

「では無駄話はこの辺にして、もっと有意義な話をするとしようか」

「そうですわね。私達に残された時間はあと少し。民が凍え、飢え死ぬ前に決着をつけなければなりません」

民なくして国は成り立たない。

愛だの慈悲だのの話ではなく、民が飢えて死ねば国もいずれ死ぬ。

貴族だけ生き残っても、働く人間がいなくなれば終わりだ。

「首を挿げ替えるのは決定事項として……協力者を増やすのが先か」

ソファの背凭れから身を起こした叔父は、乱れていた前髪を掻き上げて後ろへと流す。現れた瞳にさっきまでの空虚さは無い。

「宰相や将軍と話がしたいが、不用意に僕が近づけば国王は警戒するだろうな」

短絡的《たんらくてき》な愚王《ぐおう》であっても、己の権力を脅かす者への牽制は怠らない。叔父はその最大の被害者である為、よく理解しているのだろう。

「私がまず接触致しますわ。宰相閣下のご息女とは面識がございますの」

「では、そちらは任せよう。筆頭《ひっとう》公爵であるイッテンバッハ公には、僕が会いに行く。頭は固いが話の通じない人ではない。交渉次第では引き込めるだろう」

イッテンバッハ公と聞いて、気難しい老人の顔が思い浮かび、私は眉を顰めた。

「あまり危ない橋を渡るのはお止《や》めくださいね」

「心配してくれるのかい？」

私の懸念を理解しているだろうに、軽口を叩く叔父を睨みつける。

「ええ、私自身を心配しております。殿下の軽率な行動は、私の破滅にも繋がるのですから」

心中《しんじゅう》するのは御免だと言外《げんがい》に言えば、叔父は肩を竦めてみせた。

「僕だって命は惜しい。でも、多少は無茶をしなければ間に合わなくなる」

「だとしても、殿下が倒れたらこの国は終わります。もっと慎重に動いていただかなくては」

「では、取引に使える手札を仕入れて参りましょうか」

叔父と私の会話に、男の声が割って入る。

声の方向を見ると、バルコニーへと続くガラスの扉が開いていて、その横の壁に背を預けるようにして何者かが立っていた。

暗色《あんしょく》の外套を頭から被っている為、顔は見えない。

しかし体付きと声で、若い男だろうと推測出来た。

さっきまで気配をまるで感じなかった。

おそらく密偵か、暗殺者。

不躾《ぶしつけ》に会話に割って入ったのだから、叔父の子飼《こが》いの密偵の線は消えた。かといって、私達が標的ならば声をかける訳もない。

現状に危機感を覚えた貴族の密偵か。いや、探るまではしても接触は本人がするだろう。だとしたら、もしや。

「もしかして君はネーベルの密偵かな?」

叔父は私と同じ結論を出したようだ。

問いかけた声は平時のままで、欠片も動揺が含まれていなかった。

「ネーベルからの接触を待ってはいたけれど、そう簡単に潜入されると複雑な気持ちになる。王城の警備は相当、杜撰《ずさん》らしい」

叔父は困ったように眉を下げ、苦笑する。

落ち着いた様子の男を眺め、少し考える素振りを見せた。

次いで、何かに思い当たったような表情をする。

「そういえば、国王が優秀な手駒に裏切られたと激昂《げっこう》していた事があったな。珍しく気に入って重用《ちょうよう》していたようだから、余計に許せなかったようだが……もしや君がそうか?」

叔父の言葉に、密偵らしき男は返事をしない。

ただ外套の陰から覗く口元は、薄く弧を描いていた。

「なるほど。それなら城の構造も兵士の配置も、分かって当然という事か」

叔父の言葉が事実ならば、この男は危険だ。

しかし、ネーベルとの橋渡し役を害する訳にはいかない。

そもそも、既に情報は全てネーベル王国に渡っているだろう。

この男一人始末しても、何も変わらない。寧ろ事態が悪化するだけ。

従う以外に、生き残る道はない。

「……ネーベルの国王陛下は、素晴らしいお方ですのね」

喉元に刃《やいば》を突きつけて、助けてやるから命乞いしろとは。

ネーベル国王は人格者だと聞いていたが、性格が良いという訳ではなさそうだ。少なくとも、あの素直で裏表のなさそうな王女とは似ていない。

「手助けは不要でしたら、このまま大人しく帰りますよ」

男は世間話のような調子で、飄々と告げる。

「民に罪はないと心を痛めるでしょうから、一度だけ手を伸ばしたに過ぎません。拒まれたのなら、それまでです」

主語はない。それでも私と叔父の思い浮かべた人物は同じだっただろう。

ネーベル王国の逆鱗であり、至宝と呼ばれる少女。

「抗《あらが》うのも、衰退の道を選ぶのも、貴方達の自由です。……オレとしては、地図上から綺麗サッパリ消えてくれた方が嬉しいですし」

男は、ぞっとするような声音で言い捨てる。

それなのに口元に笑みが浮かんだままである事が、余計に不気味だった。

目の前にいる存在が、正体不明の化け物のように見えて酷く恐ろしい。

「……一応抗いたいのでね。力を貸してもらえるかな」

苦い声で言った叔父に、男は是と頷いた。

護衛騎士の不安。

コツリ。靴音を響かせて、とある一室の前で立ち止まる。

重厚なマホガニーの扉を見据えたオレは、苛立ちを振り払うように、短く息を吐いた。

人差し指と中指の背で、扉を三度打つ。さして間を空けずに中から誰何《すいか》する声が返った。

「クラウスです」

入室の許可が下りてから、ドアノブに手をかける。

飾り気のない部屋の奥、執務机に積み上げられた書類の向こう側に団長はいた。

団長の顔からは、先週まで色濃く残っていた疲労の気配が消えている。目元の隈も薄くなって、顔色も良くなった。

上司の体調が良くなったのは、喜ぶべき事だろう。

しかし、素直に喜べない自分がいる。先日この部屋で、オレが見ていない間に起こった出来事が関係しているのかと考えるだけで苛立ちが込み上げた。

ローゼマリー様に聞いても教えてくれないから余計に、勘ぐってしまう。

オレの大切な主人に一体何をしやがったと、掴みかかりそうだ。

「……何だ、その顔は」

よほど酷い顔をしていたのだろう。団長は眉を顰めて問う。

「生まれつきです」

居丈高《いたけだか》に言い放つと、呆れ顔で団長は「そうか」と呟いた。

報告書を手渡すと、すぐに目を通し始める。不備があった場合に即訂正出来るようにと、その場に留まる事にした。

手持ち無沙汰《ぶさた》のオレは、団長の顔を不躾に眺める。

男の顔なんて見ても面白くもなんともないが、ローゼマリー様がお好きな顔だと思うと興味が湧く。

書面の字を追う濁りのない黒色の瞳に、長い睫毛が影を落とす。秀麗な額にかかる黒髪は硬そうで、少しクセがあった。凛々《りり》しい眉に通った鼻筋。形の良い唇は引き結ばれている。

表情がないせいか、彫刻めいた美しさが際立った。

何処かに欠点はないのかと、ムキになって探したくなってくる。

勝てる部分が一つや二つはある筈。頼む、あってくれ。

「……クラウス」

睨みつけるように観察していると、団長は視線を書類に落としたまま口を開いた。

「視線が煩い」

見るなと言外に告げる彼は、涼しい顔のまま。

取り乱した格好悪い姿でも晒してくれたなら、少しは溜飲《りゅういん》が下がるというものだが。

「すみません。団長の顔色が良くなったように見えたので」

申し訳無さなど微塵も感じていないが、口先だけの謝罪をする。

ついでのように「何か良い事でもありましたか」と付け加えると、ぐしゃりと何かが潰れた音がした。

何の音だと探る前に、団長の手によって握り潰された紙が目に入る。しわくちゃになった書類が音の出処だったらしい。

ローゼマリー様の傍に侍るという至福の時間を、十二分間も割いて作成した書類に何をしてくれてやがるんだ。

「団長」

抗議の意味を込めて呼ぶが、団長は心ここにあらずといった様子。何も持っていない方の掌をじっと見つめ、何かの感触を思い出すかのように握ったり開いたりを繰り返している。

意味不明だ。そう、意味不明なのに、その仕草を見ているだけで不快になるのは何故だろう。

「団長！」

「……っ」

先程よりも大きい声で呼びかけると、団長はハッと我に返る。

「……クラウス」

長い沈黙の後、団長は顔を上げる。

平静を取り繕ってはいたが、迷うように一瞬揺れた瞳を見て、未だ混乱している事を察した。

若くして近衛騎士団長に就いただけあり、団長は有事であっても取り乱す事のない人だ。それが、こうも分かりやすく動揺するとは。

「先日、お前はここに……いや、あの方は」

躊躇《ちゅうちょ》するかのように、言葉が途切れる。

しかし、団長の問いをオレは正確に理解した。

先日、ローゼマリー様はこの部屋を訪れたか。

そう聞きたいのだろう。二人の間に何があったのかは知らないけれど、事実を確認したいらしい。

つまり団長は寝ていて、ローゼマリー様が来た事に気付かなかった。……いや、それならオレに確認するのはおかしい。という事は、寝惚けていて夢か現実かの判別がつかないと。

……ふざけんな。

あんなにもお可愛らしい顔をさせておきながら、寝惚けていただと⁉

ていうか、本当に何しやがった。

ちょっとした接触程度なら、初心《うぶ》なローゼマリー様ならともかく、団長が動揺するとは思えない。

嫌な想像が頭の中に浮かび、自然と拳に力が籠もる。

噛み締めた奥歯が、ギリと不快な音を立てた。

殴り倒して縛り上げ、犯罪者として突き出してやりたい。

不敬罪で処分されればいいのにとも思う。

しかし、オレの大切な主人がそれを望んでいない。

あの時のローゼマリー様のお顔には、不快さは微塵もなかった。恥ずかしそうではあったが、同時にとても幸せそうで。

……本当に、なんでこの男なんだ。

目を伏せたオレは、虚しさや苛立ちを全て詰め込んだ、長い溜息を吐き出した。

「……先日、こちらまでご案内致しました」

知るかと吐き捨てたい本心を堪えて事実をそのまま伝えると、団長の切れ長な瞳が見開かれる。

「！」

部屋の外で待機していたのでそれ以上は知らないが、と付け加えても返事はない。

呆けた顔で団長は、再び己の掌を見つめる。

「つまり、あれは……夢ではない、のか……？」

独り言のように呟いて、掌を握りしめる。

端整な顔が一拍置いて、ぶわっと赤く染まった。

「⁉」

何事かと呆気に取られる。団長の赤面なんて珍し過ぎるものを前に、すぐに反応出来なかった。

「やらかした……！」

団長は真っ赤になった顔を片手で覆い、机に突っ伏す。

机に叩きつけた拳は派手な音を立てたが、痛みも気にならない様子で羞恥に悶《もだ》え、呻いている。

さっき望んだ、取り乱している格好悪い姿を嫌という程見ているが嬉しくない。ローゼマリー様に見せてやりたいという意地の悪い気持ちすら起こらないのだから、相当だろう。

正直、ドン引きだ。

「団長……何しやがったんですか」

「………………いや」

低い声で問うと、団長は長い沈黙の後に目を逸らす。

態度も声も全てが、疚《やま》しい事がありますと馬鹿正直に告げている。やっぱり処そう。

それから何度問い詰めても、団長は口を割らなかった。

その代わりではないだろうが、苦笑いのまま、オレの暴言を咎《とが》めずに聞いている。

「あの方の嫌がる事をしたら、オレが許しませんよ」

睨みつけて言うと、団長は軽く目を瞠る。

その後、目を眇めた彼は何かを思案するように視線を落とす。

「そうだな。……その時は遠慮なくやってくれ」

思いの外、硬い声だった。さっきまでの苦笑は消え、表情も真剣だ。

「オレがあの御方に危害を加えようとしたら、躊躇いなく斬り捨ててほしい」

「……は」

想像もしていなかった言葉に、オレの口から唖然《あぜん》とした声が洩れる。

「一体、何を……」

たちの悪い冗談を言うなと切り捨てたかったが、真剣な表情を見れば、それが嘘でも冗談でもないと分かる。

何か言わなくてはと思うのに、何も思い浮かばない。

シン、と冷えたような静寂が、室内に流れた。

団長は少し表情を緩め、ふと息を零す。

「すまん。冗談だ」

苦笑いを浮かべた団長は、話はこれまでだと言うように、書類へと視線を戻した。しわくちゃになった紙を戻そうとする団長は、いつもの団長だった。

その後すぐに別の近衛騎士がやってきて、話は有耶無耶《うやむや》のまま終わってしまう。

きっと話を蒸し返しても、はぐらかされるだろう。明確な根拠はないが、何故かそう思った。

印を貰った報告書を受け取り、退室する。面倒な仕事を終えて、ようやくローゼマリー様の許へ帰れるというのに気分は晴れない。

言い知れない不安のようなものが、ずっと心に蟠《わだかま》っていた。

転生王女の趣味。

今日の天気は快晴。

穏やかに吹く風は涼しく、少しずつ近づいている秋の気配を感じさせる。

海も凪《な》いでいて、今日の港町はとても気持ちいいだろうなぁと思っても、外出許可の出ない私は想像する事しか出来ない。

残念だけど、仕方ない事だと理解している。

私が引き籠っている間に、世界情勢が大きく変化していた。

ネーベル王国はラプター王国へ抗議の文書を送り、経済制裁にまで踏み切っている。同盟国であるヴィントもネーベル王国を支持する声明を発表。

殆どの国は静観しているが、ネーベルとラプターに挟まれた小国グルントは、消極的ながらネーベル側につく意思を見せていた。

戦争は起こっていないものの、世界はかなり不安定な状態となっている。

そしてその原因ともいうべき私が、ふらふら出歩ける筈もなかった。

抗議の内容が、ネーベル王国第一王女の暗殺未遂と聞いた時には耳を疑った。私は、いったいどの重鎮《じゅうちん》だ。

事あるごとにちょっかいをかけてくるラプターが、いい加減目障りになったんだとは思う。そして私を理由にしたのは、おそらく建前というか大義名分。

分かっていても、非常に居た堪《たま》れない。

名目上とはいえ、私が理由とかつらい。

小心者が背負うには重すぎる。いっそ今日にも和解してほしいけど、残念ながら政治に一切関与していない私が口を出せる領域じゃないんだよなぁ……。

溜息を一つ吐き出す。

「あー……」

暫く鬱々《うつうつ》と考え込んでいたけれど、落ち込んできたところで止《や》めた。頭を振って、悩み事を振り払う。自分ではどうしようもない事をずっと悩んでいるのは、精神衛生上宜しくない。気分転換でもしよう。

そうと決まればお菓子作りだ！

リリーさん達への差し入れに、クッキーを焼こうと思っていたから丁度良い。

魔導師の居住区にある厨房を借りて、ルッツとテオも手が空いてそうだったら声をかけてみよう。

一人でやるより、皆でやった方が楽しいよね。

考えているうちに、気分も浮上してきた。

「そうだ」

うきうきと計画を立てていた私はある事を思いついて、ポンと手を打つ。

花音ちゃんも誘ってみよう。

花音ちゃんの気分転換にもなるだろうし、それにルッツやテオを改めて紹介したい。

面識はあるみたいだけど、顔見知り止まりっぽいし。

それに私も、もっと花音ちゃんと仲良くなれるかもしれない。

小さな野望を抱きつつ、花音ちゃんをお誘いに行った私を出迎えた彼女は、申し訳なさそうに眉を下げた。

「ごめんなさい」

振られた。

しゅんと項垂れる花音ちゃんからの返事はノーだった。つらい。

「すごく……本当に、物凄く残念なんですが、先約《せんやく》があるんです」

花音ちゃんは言葉通り、とても残念そうな顔をして言った。天真爛漫《てんしんらんまん》で素直な彼女が社交辞令でこんな表情が出来るとは思えないし、本当に残念に思ってくれているらしい。嫌われてはいないようなので、少しだけ安心した。

「せっかく誘ってくださったのに、申し訳ありません」

どんどん萎《しお》れていく花音ちゃんに、私は慌てて頭を振った。

「謝らないでください。先にお約束した方を優先するのは、当然です」

笑顔で気にしないでねと伝えても、花音ちゃんの表情は晴れない。

「……また今度、誘っても宜しいですか？」

その顔に勇気を貰って、躊躇いながら聞くと、花音ちゃんの顔がパッと明るくなった。

「是非！」

うん、やっぱり花音ちゃんは笑顔が一番可愛い。


それにしても、花音ちゃんの用事ってなんだったんだろう。

この世界で親しい人が出来て、その人と会うのなら喜ばしい事だけど。

父様に無茶ぶりとかされてないよね？

この世界の都合で呼び出されたというのに恨み言の一つもなく、イリーネ様に師事して学び、懸命に努力してくれている花音ちゃんに、これ以上を求めないでほしい。

いざとなれば、私が花音ちゃんの盾に……！

ぐっと拳を握り締めてみたものの、あの父様に勝てる気がしない。

シクシクと痛み始めた胃の辺りを擦っていると、背後から声がかかる。

「姫様？　具合が悪いんですか？」

そう言ったのは赤銅《しゃくどう》色の髪と瞳を持つ、精悍《せいかん》な顔立ちの青年。

久しぶりに会えた友人、テオだ。

私よりも頭一つ分身長が高い彼は、身を屈《かが》めて私の顔を覗き込む。

お腹を押さえる私を見て、形の良い眉を顰めた。

「もしかして、お腹が痛い？　部屋まで送りましょうか」

「だ、大丈夫よ」

今にも抱き上げそうな勢いのテオに、慌てて頭を振る。

「凄く元気よ。ちょっとお腹が空いただけなの」

笑顔と手振りで元気をアピールしてみても、テオの疑う眼差しは消えない。何か言いたげな顔つきの彼は一つ溜息を零した後、ローブを脱いだ。

「……テオ？」

魔導師の証《あかし》であるローブを、テオは私の腰に巻きつける。きゅ、とお腹の辺りで腕部分を結ぶ様子は面倒見の良いお父さんみたいだ。

「少し動き辛いでしょうけど、我慢してください。女性が体を冷やすのは良くないですから」

「！」

苦笑いを浮かべるテオに、私は唖然とした。

なにこの、ハイスペックなイケメン。

具合が悪いなら無茶をするなと叱りつけるのではなく、自分の上着を差し出した上で、心配しているんだとアピールも欠かさないとは。貴方は一体、何処の少女漫画のヒーローですか。彼氏力高過ぎでは？

テオのイケメンっぷりを見せられて呆けていた私だったが、すぐにハッと我に返る。

「駄目よ。このローブは大事なものでしょう。これからお菓子作りするんだから、汚れちゃうわ」

「汚れたら洗えばいいんです。それよりも、早く作り始めましょう」

結び目を解こうとする私を止め、テオは腕捲《まく》りする。

どうやら返しても受け取ってはもらえなさそうなので、暫く借りる事にした。

「ひーめ。持ってきたけど、これでいいの？」

厨房のドアが開き、小さな箱を持ったルッツが入ってくる。

「ええ、ありがとう」

小箱を受け取って開くと、紅茶の良い香りが広がる。

紅茶味のクッキー、実は大好物なんだよね。

とはいえ苦手な人もいるだろうから、あんまり大量に焼きすぎないよう注意しよう。

「今回作るのはクッキーだけ……なにそれ」

私の顔を見て話していた筈のルッツの視線が、腰の辺りへと下りる。

腰に巻かれたテオのローブを見た彼は、眉間にシワを寄せた。

「お腹を冷やさないようにって、テオが貸してくれたの。でも、やっぱり大事なものをこんな風に扱うのは駄目よね」

再度、結び目に手を掛ける。

「狡い！　オレのも使ってよ」

「え？」

言うなりルッツはローブを脱いで、テオのローブの上から私の腰に巻きつける。

ぐるぐる巻きにされた私を見て、ルッツは満足そうに眦を緩めた。

二人共、気遣ってくれるのは凄く嬉しい……嬉しいんだけど。

「嬉しいんだけど、ちょっと重いわ……」

魔導師のローブは、丈夫な布で仕立てられている。

一枚ならまだしも、二枚も腰に巻きつけていると流石に重い。

ひ弱な私は、行動力低下のデバフがかかったような状態になった。

「ルッツ。姫様を困らせるなよ」

「だってテオだけとか狡いでしょ！　オレはお使いに行ってたんだし、早いもの勝ちは適用されないから」

「……しゃーない。じゃんけんでもするか」

頬を指で掻きながら、目を伏せたテオは溜息を吐く。

それからじゃんけんを始めた二人は連続で十五回もあいこを出すという、白熱した試合を見せてくれた。

そして十六回目でテオが勝利し、ルッツのローブは回収された。

「さて。じゃあ始めますか」

少し身軽になった私も、袖を捲る。

大量に焼くつもりだから、早めに始めないと。

プレーンとナッツ入りを多めにして、オレンジピール、紅茶、シナモンは、数を控え目にしよう。

手元にチョコレートがないので、チョコチップ入りやココア味は断念。

コーヒー味にも挑戦しようかと豆を用意したけど止《や》めておく。前世で作った時はインスタントコーヒーを使っていたし、挽《ひ》いた豆で上手く出来るのか不安だから。

いざ始めてみると、テオは相変わらず見事な手際だった。

アレコレと指示しなくても、私の考えを読み取ったかのように先回りしてくれる。そのお陰か、予定よりも随分早く仕上がった。

クッキーを冷ましている間に休憩しようと、放置してあったコーヒーに手を伸ばす。たまには紅茶じゃなくてコーヒーが飲みたくなったので、ユリウス様から譲ってもらったやつだ。

「……ほとんど出番がなかったんだけど」

ルッツは子供みたいな膨れっ面で、そう呟く。

クッキー作りの工程で冷蔵庫の出番といえば生地を寝かせる時だけど、今回は量が多かったから氷室《ひむろ》を使わせてもらった。一時間以上、全ての生地を均等に冷やすのって大変そうだし。

「型抜き手伝ってくれたじゃない」

「オレもテオみたいに、魔力で手助けしたかったの！」

不器用なルッツが、恐る恐るクッキーの型抜きをしている様子は微笑ましかったんだけどなぁ。

本人は不満だったらしい。

手元のコーヒーを眺めながら考えていた私は、あるデザートを思い出す。

牛乳と砂糖と卵が残っているのを確認してから、私はルッツに提案した。

「じゃあ、またアイスを作ってくれる？」

「もちろん、いいよ！」

ルッツの表情がパッと明るくなる。

乙女ゲームの攻略対象らしく、冴え冴えとした美貌の青年に育ったルッツだが、こういう顔をしていると子供みたいだ。憂《うれ》いのある表情とか似合いそうではあるけど、友人である私としては、無邪気に笑ってくれている方がずっといい。

今のルッツならきっと、花音ちゃんとも良い関係を築けるだろう。

二人共甘いもの好きみたいだし、テオと私も加えて、四人でお茶会が出来たらいいな。

レオンハルト様に安眠作用のあるお茶を渡しに行く時、花音ちゃんにもクッキーを差し入れて、その時に都合を聞いてみよう。

出来れば、今日中にでも。

そんな事を考えながら、ルッツの協力の下《もと》、ミルクアイスを作成。

テオに沸かしてもらったお湯を用意。予《あらかじ》め挽いてあった豆を布製のフィルターで丁寧に濾《こ》して、濃い目のコーヒーを入れる。

深めの器に盛ったアイスを二人の前に置いて、順々にコーヒーを注ぐ。

なんちゃってアフォガードの完成です。

「溶けちゃうよ？」

「そうね。だから早めに召し上がれ」

促すと、ルッツは慌ててスプーンを差し込む。テオは興味深そうに眺めてから、一口含んだ。

「美味しい」

どうやらテオの口に合ったらしい。いつものクッキーやマドレーヌも美味しそうに食べてくれるが、今日の彼はルッツよりも目を輝かせている。

「凄く良い香りがしますね。コーヒーの苦味とアイスの甘みが絶妙に合う。もう少し、コーヒーの量が多い方が、オレの好みかも」

「オレには、これでも苦いんだけど。美味しいけど、もうちょっと甘い方が良い」

好みの差が出たようだ。

苦笑した私はテオの器にコーヒーを、ルッツの器にアイスを追加で盛り付けた。丁度良い甘さになったらしく、ルッツもご機嫌で食べている。

自分の分を作ってから二人の向かいの席に座ると、テオと目が合った。

「姫様の手は、魔法の手ですね」

「私の？」

テオの言葉に、目を丸くする。

魔法の手を持っているのは、私ではなく二人の方だ。火や氷が手元になくとも料理が出来る、素晴らしい力だと思う。

「分かる。どんなものでも姫の手にかかると、凄く美味しく変身するよね」

スプーンを片手に、ルッツはテオに賛同した。

私の手はごく普通の手で、特殊能力なんて一個も持っていないけど、そう言ってもらえるのは嬉しい。

「そんなに気に入ってくれたのなら嬉しいわ。今度また、別のものを作るわね」

私の言葉に、ルッツは嬉しげに目を細める。

さっきの無邪気な笑顔とは違う、大人びた眼差しだった。

「うん。姫はそうやって、いつも笑っていてね」

「オレ達に出来る事なら、なんだってしますから」

お手伝いなら大歓迎と言おうとして、言葉を飲み込む。

二人の目がやけに真剣で、まるで別の意味を持っているように感じたから。

もしかして、暗殺未遂の件で心配させてしまったのだろうか。そう聞きたくても、既に話題はデザートへと移っていたので、切り出すタイミングを逃してしまっていた。

転生王女の当惑《とうわく》。

テオとルッツの二人と別れてから、さっそくクーア族の皆のところへ寄る事にした。

薬に関する資料置き場として使われている部屋を覗くと、丁度、目当てであるリリーさんがいた。

資料を手に真剣な顔でヴォルフさんと話し合っていた彼女は、私の存在に気づくと目を丸くする。

次いで瞳を輝かせ、資料をヴォルフさんへと押し付けるように渡してから、駆け寄ってきた。

「マリー様！」

「こんにちは、リリーさん。お仕事中にお邪魔しちゃってごめんなさい」

「いいえ。今、丁度暇していたところなんです」

笑顔で言い切られて、なんて返したら良いか分からず言葉に詰まる。

だって、さっきまで明らかにお仕事していたよね。

「お茶の準備をしてくるので、掛けてお待ち下さい」

「お構いなく。すぐに帰りま……すん」

帰りますので、と言い切れなかった。

しゅんと萎れたリリーさんを前に、誰がそんな無慈悲な事を言えるというのか。

結果的に、間抜け且《か》つどっちだか分からない言葉になってしまったけれど本望だ。

「えっと、少しだけお話していきたいなと」

笑顔に戻ったリリーさんを見送ってから部屋に入ると、ヴォルフさんが苦笑していた。

「はい！」

「急ぐ用事もないなら、ゆっくりしていきなさいよ」

ヴォルフさんに手振りで勧められて、椅子へと腰掛ける。

彼は山積みの本を別の机へと移してから、布巾《ふきん》でテーブルを拭いた。

「クッキーを焼いてきたんです。皆さんで召し上がってください」

「ありがとう。アンタの手料理好きだから嬉しいわ」

クッキーが大量に詰まった箱を手渡す。箱に顔を近付けたヴォルフさんは、「良い匂い」と言って眦を緩めた。

「そっちは、これから別の誰かに届けるの？」

私が横に退《ど》けた紙袋の存在に気付いたらしく、ヴォルフさんはそう訊ねる。

他意のない言葉だったが、私は過剰反応してビクリと肩を跳ねさせた。するとヴォルフさんは、目を眇める。はは－ん、と言い出しそうな意地悪な顔だ。

「さては、あの色男に届けるつもりね」

黙り込んだ私を見て、ヴォルフさんは呆れたように溜息を吐く。

「アンタってば、分りやすい子ねぇ」

「い、一応、他の人にも届ける予定です」

紙袋の中身は、クッキー入りの小箱とリリーさんお手製のお茶。

レオンハルト様の分と花音ちゃんに渡す分、あとは兄様の分。

ただ兄様は忙しくて会えるか分からないので、無理だったら自分で食べるつもりだ。

いつもお世話になっているので、クラウスにもちゃんと箱入りのものを渡そうと思ったけど、いつまで経っても食べずに飾っておかれる未来が見えた気がしたので、ラッピングなしで渡した。

それでも「家宝にします」とか言い出したので、その場で食べさせた。放っておくと、騎士の宿舎が大変な事になってしまう。

それと、ミハイルの分をどうしよう。

一応は持ってきたものの、会える機会がない。ヴォルフさんに渡した方が確実だと思うので、お願いしようかな。

そう考えていると、扉が開いた。

カップの載ったトレイを持ったリリーさんと共に入ってきたのは、今思い浮かべていた人物……ミハイルだった。

おそらくリリーさんの手伝いを申し出たのだろう。ティーポットと菓子皿を持った彼は、私を見て柔らかな笑みを浮かべる。

「こんにちは、王女様」

久しぶりに会ったミハイルは、クーア族にすっかり馴染んでいた。

「ミハイルさん、手伝ってくださってありがとうございます。良かったら一緒にお茶していきませんか？」

「ありがとう」

人とのコミュニケーションが苦手だった彼だが、その名残は殆どない。

リリーさんと会話する姿は、もはやただのイケメンである。

お茶を入れるリリーさんを、さり気なく手伝う気配り上手なところも素晴らしい。流石、乙女ゲームの攻略対象と感心する。ポテンシャルの高さ半端ない。

ゲームの魔王は妖しい魅力のお色気担当だったけれど、現在のミハイルは、柔らかな物腰と笑顔が魅力の癒やし担当だな。

小柄で細身な美少女リリーさんと、長身痩躯《ちょうしんそうく》の美青年ミハイルの組み合わせは、とても眼福。

乙女ゲームのスチルを見ているようだ。

「ニヤニヤしてんじゃねぇよ、ブス」

「！」

背後からの指摘に、私は慌てて両手で顔を押さえる。

やばい。お姫様としてアウトな顔をしていなかっただろうか。

顔を押さえたまま、恐る恐る振り返ると、呆れ顔のロルフと目が合った。

「ブスがもっとブスになってんぞ」

く、悔しい。酷い顔していた自覚があるだけに言い返せない。

そう歯噛みをしていた私だったが、思わぬところから援護が入った。

「……それ、まさか王女様の事じゃないよね？」

咎めるというよりは、心底不思議そうな顔でミハイルは首を傾げる。

対するロルフは虚を衝かれたように目を丸くした後、きまり悪そうに視線を逸らす。おや、珍しい反応だ。

「いや、えーっと……」

「それとも、もしかしてロルフは目が悪いのかな？」

口籠ったロルフに、まさかの追い打ち。しかも悪意がないから余計に辛い。

「み、ミハイル。そのくらいにしてあげて」

笑いを堪えながら、ヴォルフさんが助け船を出す。

隣のリリーさんも珍しく笑いを堪えているのか、肩が細かく揺れていた。

どうやらロルフは、ミハイルには強く出られないらしい。そういえば以前、病の治療にあたっていた時に、尊敬の眼差しを送っていたっけ。

そっぽを向きながらだったが「すまん」と小さな謝罪が聞こえた。

面白いものを見せてもらえたので、特別に許してあげようと思う。


クーア族の皆とお茶した後、花音ちゃんのお部屋へと行ってみたけどやっぱり留守だった。残念だけど明日また行ってみて、駄目なら自分で食べるしかないかな。

仕方なく自室へと戻っている途中で、私は足を止めた。

「……あら？」

長い廊下の先。

中庭へと続く通路を曲がろうとしているのは、私が捜していた人ではないだろうか。

遠くて顔まではハッキリ見えないが、小柄な少女と長身の近衛騎士の組み合わせは、城内では珍しい。それに、あの服のシルエットは花音ちゃんのセーラー服以外ないと思う。

それにレオンハルト様を私が見間違える筈ないという、妙な自信もある。

良かった。クッキーが駄目になる前に渡せそうだ。

二人の後を追って、中庭へと向かう。

でも距離があったせいで、途中で姿が見えなくなった。いくら中庭が広いとはいえ、まさか見失うとは思わなかった。

「どこに行ったのかしら？」

「お捜ししますか？」

「お願い」

クラウスに手伝ってもらいながら、二人の姿を捜す。

見頃を迎えたダリアの花壇や、まだ蕾《つぼみ》の秋バラの前には姿がない。小高い場所に立つガゼボにも人影はなかった。

キョロキョロと辺りを見回しながら先へと進む。

綺麗に剪定《せんてい》された庭木は、迷路のように視界を阻んで私の行く手を遮った。

「……、……」

遠く、小さな話し声が聞こえた気がする。

声の方向を目指して進んでいくと、やがて二つの人影が見えた。

想像していた通り、それはレオンハルト様と花音ちゃんだった。

しかし何故か、二人はやけに険しい顔つきをしている。

深刻な雰囲気に気圧されて、私は足を止めた。

話の内容は遠くて聞こえない。でも、大切な話をしているようだし、万が一にも聞こえてしまったらまずいだろう。出直すべきかな。でも、待っていたら終わるかも。

足元を見つめながら考え込む。そうして、やっぱり出直そうと決意した私は、外していた視線を二人へと戻す。

そしてそのまま、凍りついた。

視線の先では花音ちゃんがレオンハルト様に抱きつく形で、二人が寄り添っていたから。

自分の見た光景が、すぐには信じられなかった。

夢なんじゃないかと。私は立ったまま眠ってしまったんじゃないかと、あり得ない考えに縋り付くように、瞬きを繰り返す。

けれど何度夢から覚めようとしても、覚めるはずがなかった。

だってこれは、――現実。

そう、現実なのだから。

混乱を極めた頭で、そうと理解すると同時に心の中で絶叫した。

……な、ななな何でぇえええええ!?

なんでも何もない。そういう事なのだと頭の中で冷静な誰かの声がするが、頭を振ってその考えを振り払う。

なにかの間違いに違いない。私の目が悪くなったのかも。

女性の方を改めて見る。

シフォンベージュの柔らかそうな髪が、肩口で揺れる。くっきり二重の大きな瞳は濁りのない榛色。ちょこんと控えめな鼻と、花びらみたいな薄桃色の唇。

庇護欲を掻き立てる幼さの残る愛らしい顔立ちとはアンバランスに、ふくよかな胸から細い腰へと続く曲線は、女性らしいラインを描く。

今日も今日とて可愛らしい少女は、先ごろ異世界より招かれた神子姫。

花音ちゃんのような美少女が、二人といる筈がない。

次いで、視線を男性へと移した。

鍛え上げられた逞しい体躯《たいく》を包むのは、黒を基調とした近衛騎士団の制服。

硬そうな黒髪の間から覗く、切れ長な黒い瞳。凛々しい眉と高い鼻筋。端整な顔立ちは美しいというよりも、雄々《おお》しいという印象の方が強い。

年齢を重ねて魅力は衰えるどころか、滴《したた》るような男の色気が増している。

見間違える事なんてありえない、私の大好きな人。レオンハルト様。

きっちり確認してしまった事で、私は自らの逃げ道を丁寧に潰してしまった。

つまり、つまりだ。私の目の前で、花音ちゃんとレオンハルト様が抱き合っていると。そういう事ですか。

ヒロインである花音ちゃんは、たくさんいる攻略対象達の誰も選ばず、何故かサブキャラであるレオンハルト様を選んで？

そしてレオンハルト様も、私ではなく、花音ちゃんを選んだと。

「……っ」

ひゅう、と不自然に吸い込んだ息が喉の奥で詰まる。

心臓が嫌な音をたてて大きく脈動した。寒くもないのに体が小刻みに震えだす。

なんで。

なんで、なんで、なんで。

私はいったい、どこで選択を間違えたの？

「ロー、」

「！」

クラウスが背後から私を呼ぶ。最後まで言い切らせずに、彼の口を両手で塞いだ。

手に持っていた紙袋が、地面に落ちる。物音に二人が気付いたのかを確認するのが怖くて、クラウスを引き摺るようにしてその場を去った。

もう一秒たりとも、ここにいたくない。

駆けるような速度で、廊下を進む。

クラウスは物言いたげな顔ながらも、逆らわずについてきてくれる。

たぶん彼の位置からは、庭木が邪魔でレオンハルト様達の姿は見えなかったのだろう。戸惑っている様子だが、何も聞かずにいてくれるのが有り難かった。

何も考えずに足を進めてきたが、体は道を覚えていたらしく、いつの間にか自室の前に辿り着いていた。

扉の前で立ち尽くしたまま、乱れた呼吸を整える。

「……ローゼマリー、さま」

背後から、躊躇いがちにクラウスが私を呼ぶ。

心配させてしまっていると分かる、彼らしくもない小さな声だ。

引きつりそうになる喉を無理にこじ開けて、深呼吸を繰り返す。

込み上げる衝動を飲み下し、ぐっと腹に力を込めた。

「ごめんなさい、クラウス。急に走り出して、驚いたでしょう」

振り返って、クラウスに笑いかける。

無理やり出した明るい声は場にそぐわず、空回りする印象が虚しい。

クラウスは虚を衝かれたように目を瞠った。次いで、とても苦いものを飲み込んでしまったかのように、くしゃりと顔を歪める。

失敗した。

余計に心配させちゃってる。

それが分かっても、どうする事も出来ない。

弱音を零すという選択肢はなかった。

「ちょっと、考えたい事があるの。一人にしてもらえる？」

「しかし……」

「お願い」

食い下がろうとするクラウスの言葉を、強めの声で遮る。

クラウスは逡巡するように数秒黙った後、目を伏せた。短く息を吐き出す。

「……分かりました」

とても苦い声でクラウスは告げる。

「扉の外におりますので、何かございましたらすぐに声をおかけください」

最大限の譲歩だと言うように付け加えられた言葉に、私は頷く。

さっきまでの貼り付けたような笑顔ではなく、ほんの少し口角を上げただけの不格好な笑みで「ありがとう」と謝意を伝えた。

部屋に入って、扉を閉める。

ふらふらと頼りない足取りで近付いたベッドへ、そのまま倒れ込む。多少軋んだ音をたてたが、高価なベッドは私ごときの体重ではびくともしなかった。

頬に当たる心地よいシーツの感触に、目を閉じる。

何も考えずに、このまま眠ってしまいたい。でも頭は勝手に、さっきまでの光景を何度も何度も繰り返す。

レオンハルト様の腰に手を回し、抱きつく花音ちゃんの姿。

レオンハルト様の手が何処にあったか確認するのが怖くてよく見ていないけれど、彼女の背に回ってはいなかったと思う。……でも正直、自信はない。私の願望が大いに反映されている可能性が高いし。

表情はどうだったかな。

レオンハルト様は驚いているような顔で、花音ちゃんは真剣な表情だったと思う。

……もしかして、事故的なものだったりしないかな。

見え始めた光明に、がばりと身を起こす。

転びかけた花音ちゃんを、抱き留めてあげたとか！

そうだよ、その可能性だってある。私が目を離していた間に何かあったのかもしれないし。愛の抱擁《ほうよう》とは限らないじゃないか。

レオンハルト様だって、花音ちゃんに恋している様子はなかった……し……？

『何処にも行くな』

意気込んで握り拳をつくった私の頭に、先日聞いたレオンハルト様の声が響く。

仮眠していたレオンハルト様が、寝ぼけて零した言葉。

抱き締められた事に焦って深く考えなかったけど、何処にも行くなって事は、何処かに行ってしまう可能性があるっていう事で。

いつも彼の傍をうろちょろする私に向ける言葉ではないよねって、自分でも思ったじゃないか。

私を誰かと間違えていたとしたら——あの言葉は、誰宛のもの？

『オレを置いていかないでくれ』

レオンハルト様が手を伸ばしても、すり抜けていってしまうような存在なんて、そういない。

彼に夢中なのは私だけじゃない。レオンハルト様が望めば、きっと誰だってその手を握り返してくれる。何か、とても重い理由がない限り。

そう、たとえば。

別世界からきた、とか。

「…………そっか」

落ちてきた考えは、ストンと私の中に収まった。

窓の外をぼんやりと見つめながら、呟く。

「私、失恋したんだ」

やけに平坦な声は、他人のもののよう。

声に実感は微塵も込められておらず、空虚な響きだけを耳に残した。

転生王女の悪夢。

気がついたら、暗闇の中に立っていた。

前方にはただ純粋な黒が広がっている。目を凝《こ》らしても何も見えない。距離感も定かでないので、前に向かって手を伸ばしてみた。指先に触れる感覚はなく、一メートル弱の距離には何もないと分かった。

緩慢《かんまん》な動作で周囲を見回しても同じ。ただ暗闇だけが広がっていた。

そもそも、どうして私はここにいるんだろう。

どうやってここまで来たのかも、分からない。

霞《かすみ》がかったようにハッキリしない頭を働かせて、記憶を掘り起こした。

私、何していたんだっけ？

確か、ベッドで眠っていたような……。

記憶を手繰《たぐ》り寄せると、中庭で寄り添う男女の姿が思い浮かぶ。

そうだ。私、失恋したんだっけ。

思い出しても、相変わらず実感はない。紗幕《しゃまく》の向こう側の景色みたいに輪郭の朧げなソレは、他人事めいてすらいた。

感情が追い付かない。

でも体は正直なもので不調をきたし、そのままベッドで眠っていたような気がする。

途中で外が騒がしかったようだったけれど、確認するのも億劫だったので、布団を頭から被って眠り続けた。

そこから記憶が、ぱったりと途絶えている。

眠ったまま、フラフラと彷徨っていたんだろうか。夢遊病の兆候があると誰かに指摘された事はない。朝起きたら知らない場所にいたという経験もない筈だ。

それとも急に発症するケースもあるんだろうか。

棒立ちしたまま考え込んでいたけれど、いつまでもこうしている訳にはいかない。

流石に城の外には出ていないだろうし、ひとまず部屋に戻ろう。

そう判断して、ふと足元に視線を落とした。

「……？」

足元に、何かがある。

黒い影のような塊。何があるのか確認しようと目を凝らすけれど、暗くて見えない。大きさも厚みもそれなりにある。

丁度、私が蹲《うずくま》ったくらいの大きさだろう。

足元のそれに気を取られていると何処かで、キィと軋む音が鳴った。

少しだけ開いた扉が、ゆらゆらと不安定に揺れている。開いた隙間から細く光が差し込んだ。室内が淡く照らされる。

薄まった暗闇の中、室内の様子がうっすらと目に映った。

飾り気のない部屋をぐるりと見回してから、足元に視線を落とす。

得体の知れない塊の正体を見極めようとした私は、一瞬息を詰める。呼吸を止めたまま、大きく目を見開いた。

「…………ひっ……⁉」

乾いた悲鳴が洩れる。

床に広がる髪の毛、青白い小さな顔。細い首に華奢《きゃしゃ》な肩、力なく投げ出された小さな手。

塊の正体は、人だった。

ピクリとも動かないその人の腹は、真っ赤に染まっている。ひと目で、致命傷だと理解出来てしまう程に、大量の出血だった。

人が。人が、死んでいる……？

受けた衝撃が大きすぎて、ふらりと足元が揺らいだ。

恐怖と焦燥《しょうそう》に叫びだしそうになって、口を両手で塞ごうとする。

その段階で、自分が右手に何かを握っている事に気付いた。

寝る前に、何かを持っていた記憶はない。それに、今まで気付かなかった事が不思議で、握っていた物を目の前まで持ってきた。

短い棒状の何かは濡れているようで、ポタリと雫《しずく》が床に落ちる。薄暗い中、黒い液体に塗れたソレの一部が、ギラリと光を弾いた。
「……なに、これ……？」
鋭い刃と、纏わりつく黒い液体。
……否《いな》、黒ではない。赤だ。赤黒い液体がナイフの刃から私の手へと伝い落ちる。
「いやっ……！」
放り投げたナイフは床に落ちて、血溜まりに波紋《はもん》が広がった。
心臓が壊れてしまいそうな勢いで鼓動を刻《きざ》む。
短く呼吸を繰り返しても、酷く息苦しい。頭が割れそうに痛んだ。
わたし……、私が、やったの？
私が殺した？　嘘、そんな訳ない！
混乱した頭を抱えながら、ゆっくり後退《あとずさ》る。
だって、そんな事をした記憶もなければ、する理由もない。
何かの間違いだ。私はやってない。やっていないはずだ。
頭の中で繰り返しながら、また一歩距離をとる。
目を逸らしたくても視線は縫い留められたように、床に転がる体へと向く。
細くて、小柄な体。私と同じ年頃の女の子だろう。
紺色のプリーツスカートから投げ出された足も、簡単に折れてしまいそうに細い。
……まって、……ちがう、違うよね。

服装に、見覚えがあった。むしろ、彼女以外にその服装をしている人を見た事がない。

ちがう。ちがう、ちがう、ちがう。そんな訳ない。

祈るような気持ちで繰り返しながら、遠ざかった体にゆっくり近づく。

ひゅうひゅうと、喉が耳障りな音をたてる。上手く息が吸えない。

青白い顔にかかる髪の毛を、震える手で退かす。

大きく見開かれた目に生気はなく、木の虚のようだ。薄く開いた唇は青ざめ、頬は真っ白。健康的な美少女であった彼女とは似ても似つかない様相ではあったが、見間違えはしない。

異世界から来た、神子姫。

物言わぬ死体となって転がっていたのは、花音ちゃんだった。

「……うそ」

悲鳴の代わりにこぼれ落ちたのは、些細《ささい》な物音にも掻き消されてしまいそうな小さな呟きだけだった。

さっきまでの恐怖は遠ざかって、現実味のない絶望感が襲いかかってくる。

……私が、花音ちゃんを殺した？

なんで、そんな。そんな事をする理由がない。

本当に？

必死に否定する声に重なって、誰かが問いかける。

本当に理由がないのか。本当に心当たりがないのかと、立て続けに疑問をぶつけてくる。

本当に私は、彼女を恨んでいなかったの？

「そこにいるのは誰だ⁉」

扉が開いて、誰かが入ってくる。

聞き覚えのある声は、今、一番聞きたくなかったもので。

彼は花音ちゃんの傍《かたわ》らに膝をついて、華奢な体を抱き起こす。

事切《ことき》れている彼女の体を抱きしめた彼は、私を見た。

漆黒の瞳が絶望に染まっていく。

「姫君……貴方が……？」

違うと叫びたいのに、声が出ない。

『違わない。お前が殺した』

頭の中に、誰かの声が響く。

違う、違う、違う……！

私はそんな事しない。花音ちゃんは私の大事な……。

『友達だとでも言うのか。長年思い続けてきた愛しい男を奪われて、それでも友達だと？』

……っ、それは、……それでも。

大切な人には、違いないもの。傷つけたくなんて、ない！

『正直になれ。諦めたくないんだろう？　どんなに綺麗事で覆い隠そうとも、お前の中に渦巻く欲望は、消せやしない』

私は、そんな事……。

『欲望のままに、奪え。殺せ。全て、お前の望みのままに』

止《や》めて……‼

「……っ！」

叫んだ瞬間、目が覚めた。

真っ暗な部屋の中、自分の荒い呼吸の音だけが響く。

恐怖で体が動かない。周囲を確認する事だけでさえ、酷く恐ろしかった。

震える手を寝台について、ゆっくりと体を起こす。全身汗だくで、夜着《よぎ》が肌に張り付いていて不快だ。

まだ夜明け前なのか、辺りは薄暗い。

でも目が闇に慣れて、室内の様子がうっすらと確認出来た。

ここは、見慣れた自分の部屋。室内には誰もおらず、足元に死体も転がっていない。

……夢。

そう理解すると共に、全身から力が抜けた。

両手で自分を抱き締めると、全身が小刻みに震えていた。

「だいじょうぶ……大丈夫よ、さっきのは悪い夢」

自分に言い聞かせるように繰り返す声も、掠れて震えている。

私は花音ちゃんを殺したいなんて思ってない。

憎んでもないし、恨んでもいない。

『諦めたくないいんだろう？』

「……っ」

脳裏にさっきの言葉が思い浮かぶ。

心の奥底を見透かされた心地だった。

失恋したと頭が理解しても受け入れられないのは、私がまだレオンハルト様を好きだから。

彼を好きな気持ちは、僅かばかりも目減《めべ》りしていない。

諦められるはずなど、なかった。

じゃあ、もしかして。

他の言葉も私の本心なんだろうか。

私はレオンハルト様の気持ちなんて関係なく、花音ちゃんから奪いたいと思っている？

レオンハルト様を傷付けても。花音ちゃんを……殺《あや》めてでも？

ただの夢と呼ぶにはあまりにも生々しい、凄惨《せいさん》な場面が脳裏に浮かんだ。血溜まりに横たわる華奢な体と、虚ろな瞳がフラッシュバックする。

ゾクリと、背筋を冷たいものが伝い落ちる。

一際大きく、体が震えた。

怯《おび》えを振り払う為に、慌てて頭を振る。

どんなに醜い感情が私の中にあっても、理性でしっかりと押さえ込めば最悪の事態は避けられる筈だ。弱気になっては駄目。私の行動を決められるのは、私だけなのだから。

そう自分に言い聞かせた途端、頭の中にさっきの夢の声が蘇る。

『欲望のままに、奪え』

「そういえば……あの声は、なに？」

私の心の声だというには、違和感があった。

聞き馴染みのないような、あるような。性別どころか年齢さえも定かでない。

ザラリとしていて、耳障りなノイズみたいに不鮮明で。沢山の声が重なったみたいな不協和音。

「……まさか」

破滅の象徴。この世の災厄と呼ばれた存在を表す単語が、脳裏に浮かぶ。

もしソレが、私の中にいるのだとしたら……――。

考えうる限り、最悪の想像だった。

「そんな……」

呆然とする私が虚ろな目を向ける先、暗闇の中で黒猫がじっと私を見つめていた。

騎士団長の苦悩。

城の中庭の端で、オレは今、異世界からの客人たる少女に抱きつかれている。

いくら人目につきにくい場所とはいえ、いつ誰が通りかかるか分からない場所で。原因の一端は自分にあるとはいえ、全くもって好ましくない状況に頭痛がする。

「……フヅキ殿」

困り果てたオレが名を呼ぶと、少女はギッと睨むようにオレを見た。

「レオンハルト様は、じっとしていてください！」

視線に込めた『離してくれ』という要望は、きっちりと読み取られた上で却下される。溜息を吐くのを堪えながら、オレは空を仰ぐ。

一体、どうしてこうなった。

現実逃避気味に心中で呟きながら、今までの経緯《けいい》を思い出す。

始まりは悪夢だった。

悲惨な光景の比喩ではなく、眠った時に見る正真正銘の夢だ。

たまに夢見が悪い事なんて誰だってあるだろう。幼子《おさなご》でもあるまいし、悪夢如きで夜泣きはしないし、一晩二晩続いたところで精神を削られる程ヤワではない……と思っていた。ついこの間までは。

どうやらオレは軟弱な男だったらしい。

大切な女性を泣かせる夢を見て眠れなくなる位には、駄目な人間だった。

夢の中でオレは、いつも彼女を泣かせていた。

彼女の周囲にいる男達を手にかける夢を見た。

怯えて逃げようとする彼女を押さえつけて、傷付ける夢も見た。

毎夜、オレの夢の中で彼女は静かに涙を流した。

泣き喚いてオレを責めるのではなく、深い絶望に支配された空虚な瞳から、とめどなく涙を零す。

何日も続けて似たような夢を見るなんて、それだけで十分異常事態なのだが、ただの悪夢ではないと判断するには決定打に欠けた。夢の登場人物は、オレと彼女。たまに他の人間も出てくるが、彼女やオレの周辺にいる実在の人物で、見知らぬ存在が介入した記憶はない。

外部からの干渉を受けている証拠どころか、根拠すらもない。

つまり、正常でないのは状況ではなく、オレの頭だという可能性もある。

これは自分の奥底に眠る醜い願望なのか。

それとも、何か計り知れない力が働いているのか。

悩んだオレは、フヅキ殿にさり気なく相談する事を選んだ。もしオレの中に魔王がいるのなら、早急に対処しなければならない。

魔王に理性を溶かされたオレが、再び、彼女に手を伸ばす前に。

そう考えて、フヅキ殿に時間を取ってもらった。

口下手なオレは、どう説明するか考えあぐねた挙げ句、失態《しったい》を犯す。

魔王がオレの中にいる可能性はあるかと問うと、人当たりのよい笑顔だったフヅキ殿の表情が一変した。

心当たりがあるのかと厳しい顔付きで糾弾《きゅうだん》した彼女は、明言《めいげん》を避けるオレに苛立ち、あろうことか抱きついてきたのだった。

曰《いわ》く、天敵である自分が抱きつく事で、嫌悪感や拒絶反応を示すのならばその可能性があるのではないかと。雑過ぎる。

しかしそう言われてしまえば、もう避ける事も突き放す事も無理になった。そして冒頭に至る。

どうする事も出来ずに棒立ちするオレと、しがみつくフヅキ殿という地獄絵図の完成だ。

オレの一挙一動を見逃すまいと、フヅキ殿はじっと見上げてくる。

大きな榛色の瞳に、年頃の少女らしい初々《ういうい》しさはない。寧ろ、不審者を尋問《じんもん》する兵士のような鋭い目つきだ。

「……どうですか。不快だったりしませんか?」

不快とまでは言わないが、嬉しくもない。

健康的な成人男性として、可憐《かれん》な女性に抱きつかれていながらその反応はどうなんだと自分でも思うが、正直言うと特に何も感じていないし、もっと正直に言っていいのなら、一刻も早く離れてほしい。

「……特には」

言葉を濁しながら苦笑いを浮かべる。

オレにとってフヅキ殿は、女性というより子供だ。

弟達や近所の子供にしがみつかれているのと大差ない。

十五歳といえば我が国では成人に当たる。社交界にデビューする立派な淑女だ。フヅキ殿の容姿は異性の目に魅力的に映るだろう。

しかしあどけない表情や幼い言動が目立つ彼女を、オレは異性として見られない。

年齢差もあるからな、と考えかけて固まる。

彼女は……あの方は、フヅキ殿と同年代。下手をしたら一つ下だ。

激しい自己嫌悪に、叫びだしたくなる。

十五も年下の少女を相手に、オレは何をしているのか。

夢の中で貪《むさぼ》り尽くすだけでは足りず、夢だと勘違いして手を伸ばした。逃してなるものかと腕に閉じ込めて告げた呪いめいた言葉は、間違いなくオレの本音だ。

他の少女達を見ても子供だとしか思わないのに、どうしてあの方をそう思えない。いつオレは、あの方を『子供』ではなく『女性』なのだと認めてしまった？

幼い頃からずっと成長を見守ってきた。

小さな頑張り屋の姫君。

人に頼る事が下手くそで、一人で抱え込んでしまう不器用さを愛しいと思っていたが、あくまで庇護欲。

とても大切で、誰よりも幸せになってほしいと願った気持ちは、父親か兄に似た心境だった筈だ。

オレを慕ってくれていると気づいても、それは憧れだと思っていた。

幼子が父親のお嫁さんになるとねだるような微笑ましく淡いもの。年頃になればいつか消える。

だから絶対に、勘違いさせるような距離まで踏み込んではいけないと己に言い聞かせていた。

聡明で麗しく、心まで清らかな姫君。

あの方の隣には、誠実で有望な、同じ年頃の男が立つべきなのだから。

そうやってオレが作っていた壁を壊したのは、あの方だった。

『まだ、振らないで』

涙を堪えながら必死に訴えてくれた言葉に、殴られたような思いだった。

幼い恋だと勝手に決めつけて一歩引いていたオレを、見透かしていたのだろう。

それなのに、責めるのではなく懇願《こんがん》する健気さに胸を抉られる。馬鹿にするなと、いっそ殴ってくれたらいい。

もうその頃には、オレにとってあの方は、世界で一番大切な女の子だった。

恋ではなくとも、愛しくて、愛しくて。

たまに沈んだ顔を見ると、どうにかして笑ってもらえないかと、そんな事ばかり考えていたように思う。

幸せであってほしい。

僅かも傷ついてほしくない。

無償の愛なんて崇高《すうこう》なものではないが、笑っていてくだされればそれで充分だったのに。

いつこんな醜いものに変容した。

吐き気がする。

魔王が己の中にいる可能性が、ほんの僅かでもあるなら国王陛下に報告すべきだと理解している。分かっていながら迷ったのは、取るに足らない事で煩わせる訳にはいかないという忠誠心などではなかった。気の所為だと軽んじたのでもない。

臆病なオレは、あの方に――ローゼマリー様に、求婚する権利を奪われる事を恐れた。

どうか気の所為であってくれと祈る愚かなオレには、とっくにそんな権利はないのに。あの清廉で美しい方の前に立つ資格など、オレにはない。

「……？」

物思いに耽《ふけ》るオレを現実に引き戻したのは、小さな物音だった。

どさり、と何かが落ちた音がした。

フヅキ殿にも聞こえたようで、彼女も振り返る。オレは漸《ようや》く解放された事に安堵の息を洩らしつつも、音の方向を視線で探った。

キョロキョロと辺りを見回しながら進むフヅキ殿だが、庭木の向こう側に何かを見つけたようで立ち止まる。

その場にしゃがみ込んだ彼女が拾い上げたのは、紙袋だった。

さっきの場面を誰かに目撃されていたのなら、少々まずい。

本当の事を話す訳にはいかないが、そのままにも出来ない。誤解させたくない方がいるから。

「なんだろ？」

紙袋の中身を、フヅキ殿は確認しようとする。

「お貸しください」

客人に万が一の事があってはならない。危険物だとも思えないが一応警戒する。

フヅキ殿から紙袋を受け取って、開く。ふわりと鼻孔を掠めたのは、焼き菓子の甘い香りだった。

「焼き菓子……クッキーですね。侍女の物でしょうか？」

「クッキー……クッキー!?」

オレの言葉を繰り返したフヅキ殿は、数秒間を空けて目を見開いた。

「み、見せてくださいっ！」

袋を奪い取ったフヅキ殿は、中を確認する。彼女の顔が、どんどん青褪めていく。

泣きそうな顔をしたフヅキ殿は、「誤解なのに」とか「嫌われる」とか真っ青な顔でブツブツと呟いた。

そしてオレがフヅキ殿よりも青褪める事になるのは、ほんの五秒後の未来だ。

召喚神子の焦り。

紙袋の中身は、綺麗な狐色に焼けた美味しそうなクッキー。

小分けになっているソレを見て私が真っ先に思い浮かべたのは、美しくも可愛らしい女性の姿。

某夢の国のお姫様達よりも可憐なプリンセス。

『クッキーを焼こうと思っているのですが、宜しかったら花音様も一緒に作りませんか？』

私を誘ってくれた彼女の言葉に、一も二もなく頷きたかったけれど、あいにくと先約があり断ってしまった。

すごく、すごく行きたかったのに。レオンハルト様もこんな神イベントがある時に、約束なんて取り付けないでほしかった。お世話になっているので反故《ほご》にするつもりはないけど、ちょっとだけ恨んでしまいそうだったのは内緒。

断られても彼女は気分を害した様子もなく、気にしないでと笑ってくれた。優しい。

たぶんこのクッキーも自惚《うぬぼ》れでなければ、私とレオンハルト様の分なんじゃないかと思う。

それなのに、そんな優しい彼女に私はなんてものを見せてしまったの……!?

ここにクッキーが落ちているという事は、たぶん、おそらく、見られたと思う。彼女の好きな男性に、私が抱きついているという決定的瞬間を目撃された。

最悪だぁ……。

彼女の目線で言うと、私は完全に横恋慕《よこれんぼ》した挙げ句に奪おうとしている嫌な子じゃないですか。

違うのに！

確かにレオンハルト様はすごく格好良いと思うけど、そんなんじゃないのにー‼

「フヅキ殿？」

怪訝《けげん》そうな声で呼ばれ、私はのろのろと顔を上げる。

たぶん酷い顔色であろう私を気遣う表情で覗き込み、レオンハルト様は「どうされたんですか？」と訊ねた。

説明するのもしんどい。

でも、言わないと余計に拗《こじ》れちゃう。

「このクッキーの持ち主、たぶんローゼマリー様です」

「……は」

唖然とした声が、形の良い唇から洩れる。

端整な顔が、私と同じくどんどんと青褪めていく。

「今日はクッキーを焼くって言ってました。たぶん私達に届けにきてくれたんだと思います」

「……っ、……それは、つまり」

レオンハルト様が絞り出した声は、酷く掠れていた。

その先を口にするのを恐れるように途切れた言葉を、私が繋ぐ。

「さっきの、見られたかもしれません」

その仮定は、私にとってもレオンハルト様にとっても、最悪なものだった。

よりにもよって一番見られたくない人に目撃されるとか、どんなタイミング。

私は前世で大罪でも犯したんですか、神様。

どんよりした気持ちで、天を仰ぐ。

澄み渡る空は、私の世界のものと同じ色をしていた。でもこの空は、私の住む街とは繋がっていない。

異世界転移なんてラノベの中だけの出来事だと思っていたものが、まさか我が身に降りかかるなんて考えた事もなかった。

容姿も学力も並。性格も普通。運動神経は普通の人より鈍いくらい。

そんな私が異世界に召喚されるなんて、何かの間違いだと思う。

ラノベみたいにトラックに轢《ひ》かれるとか、高い所から落ちるなんて事もなく、気づいたら知らない場所。

そして私を取り囲む綺麗な顔をした人達。しかも、映画や海外ドラマに出てくる俳優さん達よりも、絵画や彫像の方が近いと思える現実感のない美形ばかり。

キラキラと輝いているようで、直視すると目が潰れそう。顔面偏差値高すぎでは？

美形に囲まれて喜ぶような心の余裕は一切なくて、寧ろ不安で泣きたかった。

ラノベなら、王子様が安心させるように微笑みかけてくれる場面だよねと現実逃避してみるけれど、誰も助けてくれない。

というか、話す王様の背後で棒立ちしていた美青年が王子様だったらしい。微笑みかけるどころか、無表情で一言もしゃべらなかった。

そんな中で、唯一、私に微笑みかけてくれたレオンハルト様に一瞬だけトキメいてしまったのは、仕方のない事だと思う。

レオンハルト様も美形だけど、優しい表情をするから怖くなかった。

大人の男性だからか、私に気付かれないように先回りして気配りするのが上手。でも同じくらい、線引きするのも上手い。優しくするのは、あくまで仕事であって私情ではないと分かるから、勘違いはしなくて済んだ。

頼る人のいない異世界で、緊張と不安に押し潰されそうになっていた私を救ってくれたのは、騎士様じゃない。王様でも王子様でもない。

『怖かったでしょう？　もう我慢しなくても、大丈夫ですよ』

そう言って笑いかけてくれたのは、絵本の中から抜け出してきたようなお姫様だった。

私のせいで魔王の封印が解かれてしまったかもしれないのに、一言も責めずに、『貴方のせいではない』と、白く柔らかな手で私の涙を拭ってくれた。

抱きついて泣き出した私の背を、宥《なだ》めるようにずっと優しく撫でてくれた。めちゃめちゃいい匂いがした。

異世界に来てからたくさん素敵な男性に会ったけれど、一番素敵なのはお姫様だ。

細くて柔らかくて、とっても良い香りがするし、見た目は可憐で儚《はかな》げな美少女だけど、誰よりも格好良い。

私にとっては誰よりも素敵な王子様。

そんな憧れの人に、敵認定されるなんて絶対に嫌!!

ぐっと拳を握りしめ、決意も新たに前を向く。

ショックが大きすぎたのか、真っ青な顔で固まっているレオンハルト様の腕を掴み、大きく揺さぶる。

「レオンハルト様っ！　固まっている場合じゃありませんよ！　追いかけて説明しないと、勘違いされちゃいます！」

「！」

勢いよく顔をあげたレオンハルト様は、そのまま走り出そうとする。野生動物のように見事な身のこなし。

でも走り出す寸前で、私の存在に気付いて足を止めた。

焦燥の滲《にじ》む顔で私と廊下の方角とを見比べてから、ぐっと色んなものを飲み込んだ。

「フヅキ殿、一度部屋までお送りします」

今すぐにでもローゼマリー様の許へ駆け出したいでしょうに、職務を忘れないレオンハルト様は立派だ。

彼の手を煩わせないよう素直に従うべきだとは分かっていても、私は首を横に振る。

「嫌です。私も連れていってください」

私だって言い訳したい。

レオンハルト様だけなんて狡い。

レオンハルト様は困ったように眉を顰めたけれど、諦めたように溜息を一つ吐き出す。問答している時間が惜しいのだろう。行きますよと短く告げた後、踵《きびす》を返した。

周辺には既にローゼマリー様はおらず、近辺を捜し回っても姿は見当たらない。

最終的にローゼマリー様の私室へと向かうと、いつも傍にいる護衛騎士の方が入り口に立っていた。

確か名前は……クラウスさん、だったと思う。

爽やかな笑みを浮かべているイメージがあった彼は、萎れた花のように項垂れている。しょぼんとした力ない様子は、飼い主に叱られた大型犬にも似ていた。

しかし、私とレオンハルト様の存在に気付いた彼はすぐに表情を取り繕う。

「クラウス」

「お疲れ様です、団長。何か御用でしょうか」

普段どおりを装ってはいるものの、ローゼマリー様の傍にいる時よりも表情が硬い。

「いや。……ローゼマリー様は、お部屋にいらっしゃるのか？」

「……？　はい。おられますが」

歯切れの悪いレオンハルト様を、クラウスさんは訝しむように見る。

「出来れば、話がしたい」

「話、ですか」

少しの間、考え込んでいたクラウスさんの表情が、何かに思い当たったように一変する。

垂れ目がちの翠緑《すいりょく》の瞳を眇め、私とレオンハルト様をじっと見比べた。僅かな違和感も見逃さないと言いたげな視線だった。

「団長……ローゼマリー様に何かしましたか」

疑問形ではない言葉をぶつけられ、レオンハルト様の肩が微かに揺れる。当然、それをクラウスさんは見逃さなかった。視線は剣呑《けんのん》さを増し、彼の手が剣の柄《つか》に掛かる。

「やっぱりアンタが原因か」

憎々しげに、掠れた声でクラウスさんは吐き捨てる。

一触即発《いっしょくそくはつ》の空気に耐えきれず、私は二人の間に割って入った。

「あ、あのっ、誤解なんです！　レオンハルト様じゃなくて、私のせいなので、ちゃんと説明させてほしくて！」

「お静かに」

鋭い視線に射貫《いぬ》かれた私は、そろそろと後退りながら「ひゃい……」と情けない声で返事をする。

めちゃくちゃ怖いんですけど……！

「……確かに、姫君を傷付けたのはオレだ」

レオンハルト様は硬い声で告げる。

「オレの軽率な行動が、あの方を苦しめた」

表情にも声にも、後悔がありありと滲んでいる。

けれどクラウスさんは絆《ほだ》されず、寧ろ視線は更にきつくなっていく。腰に佩いた剣がカチャリと音をたてるのを聞いて、背筋が凍る。

「後で好きなだけ殴れ。なんなら斬ってくれても構わない。……だから、少しでもいい。話をさせてくれ」

ぐっと拳を握り込み、レオンハルト様は真っ直ぐにクラウスさんを見据える。

「オレは……姫君を失いたくない」

希《こいねが》うような、切ない声だった。

横で聞いているだけの私が赤面してしまう程に、ただ一人だけに向けられた真っ直ぐな想い。飾らない言葉だからこそ、ダイレクトに伝わる。

レオンハルト様がどれだけ、ローゼマリー様を思っているか。

長い沈黙が落ちる。

苦々しい溜息を、クラウスさんは吐き出す。一度伏せた翠《みどり》の瞳が、再びレオンハルト様に向けられる。

「……お引き取りください」

クラウスさんの目には、さっきまでの鋭さはない。

それなのに彼は、拒む言葉を紡ぐ。

食ってかかろうとした私を制するように一瞥し、言葉を続けた。

「ローゼマリー様は今、お休みになっております」

さっきの静かにしろって注意は、ローゼマリー様を起こすなって意味だったんだ。

「話したいのなら、ローゼマリー様が落ち着かれてからにしてください」

それが、クラウスさんの最大限譲歩出来るラインなのだろう。

レオンハルト様も彼の意図を理解し、ほっと肩の力を抜く。クラウスさんはレオンハルト様を軽く睨んで、「さっきの、忘れないでくださいね」と恨みがましい声で呟いた。

レオンハルト様は苦笑して頷く。

数日後には、この整った顔がボコボコにされてしまうのだろうかと想像して、私は首を竦めたのだった。

騎士団長の独白《どくはく》。

「オルセイン団長。何か不備がございましたか？」

恐る恐るといった声で尋ねられ、オレは我に返る。

執務机を挟んで正面に立っているのは、若い近衛騎士。確か入団して二年目だったか。彼の報告書に目を通している途中だった事を思い出す。

厳しい顔で黙り込んだオレを見ていて、不安になったんだろう。緊張した面持ちで直立不動する青年を一瞥してから、手元に視線を戻した。

「いや。問題ない」

職務中に呆けていた自分を内心で咎めつつも、顔には出さずに羽根ペンを手にとる。署名してから書類を返すと、若い近衛騎士の強張《こわば》っていた表情が安堵に緩む。

彼が退室し、扉が閉まるのを見送った。

悪い事をしてしまったな。

若い連中が怯えるくらい、今のオレは余裕のない顔をしているらしい。

眉間の辺りを親指で押し込むように刺激する。

朝から感じている鈍い痛みが、僅かばかり遠ざかった気がした。

椅子の背もたれに体を預けて天井を仰ぐ。

腹の上で手を組んで、目を伏せたオレは長く息を吐き出す。

不調の原因は、考えるまでもなく思い当たる。

私事の感情を仕事に持ち込む己を情けなく思うが、自分で自分を制御出来ない。

「姫君……」

思わず洩れた声は、低く掠れていて酷く耳障りだ。まるで飢えた獣の唸《うな》り声だな、と自嘲めいた言葉を胸中で呟き、口角を片端だけ吊り上げた。

中庭での一件からはや一週間、姫君には一度もお会い出来ていない。

落ち着くまで待てと言われていたにもかかわらず、堪え性のないオレは翌日に会いに行ってしまった。

呆れ顔のクラウスはそれでも一応、中へと確認をとってくれた。しかし返事は否。毎日通っても、彼の首は一度も縦に振られた事はない。最初はいい気味だと言いたげな冷めた目をしていたクラウスも、日を追うごとに心配げに表情を曇らせる。もちろん、気遣うのは振られ続けるオレではなく、拒み続ける姫君の心だろう。

最初は、落ち着くまでは会いたくないのだろうかと諦めた。

数日経っても会ってはもらえず、もしや体の調子が悪いのかと心配になった。しかしクラウスによると、寝込んでいる訳ではないとの事。

姫君は大量の書物を部屋に持ち込み、ずっと読み耽っているそうだ。何かを熱心に調べている様子なので、下手に邪魔も出来ないらしい。

忙しいならば仕方ない。

もう数日待って、落ち着いてから時間をとっていただこう。

そう考えてはみても、足は頭の指示を無視して姫君の部屋へと向かう。近衛騎士団長が王女殿下の部屋に日参《にっさん》するなど、迷惑以外の何ものでもないのに。

物分かりの良い大人のフリは、とっくに出来なくなっていた。

思考の海に沈みかけていた意識を、ノック音が現実に引き戻す。

もう一度息を吐き出してから、体を起こした。

「失礼致します」

入室を許可すると、入ってきたのは副官だった。

彼は各所から回収してきた書類の束をオレに差し出しかけて、手を止める。オレの顔を数秒眺めてから、眉を僅かに寄せた。

「随分とお疲れですね」

「……顔に出ているか」

深く頷く副官に、オレは苦笑いを返す。

温和で気遣いの出来る彼がそこまで言うなら、よほど酷い顔をしているに違いない。

「少し休憩にしましょう。お茶を用意させます」

「いや、いい」

書類を執務机の端へと置き、出て行こうとする副官を制す。

「根《こん》を詰めすぎると、かえって効率が下がりますよ」

副官はそう言って渋面《じゅうめん》を作った。

幸い今は仕事が溜まっている訳ではない、たまには休むのも仕事だと懇々《こんこん》と説教されて、降参だと軽く手を上げた。

「分かった。だが、茶はいらない。気分転換に見回りがてら、散歩でもしてくる」

「はい。いってらっしゃいませ」

席を立つと、副官は満足そうに笑った。

追い出されるような形で執務室を後にしたオレは、ふらふらと宛てもなく城内を彷徨《うろつ》く。

……いや、嘘だ。確かに目的地はないが目的はある。

姫君にひと目でもお会い出来ないかと、期待していた。結局、オレの浅ましい望みが叶う事はなかったけれど。

いつの間にか、外へと足が向いていた。

庭園の奥まった場所から、荘厳《そうごん》な城を見上げる。高い位置にある一室のバルコニーで視線を留めた自分に、頭痛がした。

これではまるで、……いや、犯罪者そのものだ。

遠くからでもいいから姿が見たいなんて、我ながら気色悪い。

きまり悪さを感じて、後頭部をがりがりと掻く。

さっさと戻って仕事でもするかと、踵を返そうとした。

バルコニーの陰から、ちらりと何かが覗く。

「……っ」

くすんだクリーム色の手すりに、白い手がかかる。

細い肩から滑り落ちかけたスミレ色のショールを、もう一方の手がそっと押さえた。陽光を紡いだプラチナブロンドを、そよ風が気まぐれにさらさらと遊ばせる。俯いた顔は影が差して、表情は見えない。

それでも、久しぶりに見られた姿に胸が熱くなる。

自然と、「姫君」と呼びかける声が洩れた。

指の関節二つ分くらいの大きさにしか、姿が見えない距離だ。張り上げても届くか怪しいのに、呟く声が聞こえる筈がない。

それなのに姫君は、顔を上げる。

視線がふらりと泳いで、やがてオレへと辿り着いた。晴れた空よりも澄んだ瞳が、見開かれる。

視線が絡む。

呼吸さえ忘れたオレは、無意識のまま一歩踏み出す。

姫君の細い肩が揺れて、手すりから手が離れる。

くしゃりと顔を歪めた姫君は、身を翻《ひるがえ》して姿を消した。

「……あ」

背中を追うように手を伸ばしたまま、オレは動けなくなった。

逃げられた。

拒絶、された。

脳がじんわりと染み込むようにそれを理解した途端、鋭い痛みが胸を貫く。

早鐘を打つ心臓の音が、耳の奥で煩く鳴っている。呼吸が浅くなって、嫌な汗が背筋を流れた。

伸ばしたままの手を、きつく握り込む。

何度会いに行っても会ってもらえない事に関して、何も感じていなかった訳ではない。寧ろ、起きていても眠っていても、その事ばかりが頭を巡る。

落ち着くまで待ってほしいのではなく。

忙しいから会えないのでもなく。

もう、会いたくないと思われているのだとしたら？

こんな不甲斐ない男になど見切りをつけて、新しい道を歩きだそうとしているのだとしたら、オレはどうしたらいい。

いや、そもそもだ。

あんなにも美しく魅力的な方が、ずっとオレだけを見てくれていた事こそが奇跡だった。そして奇跡は二度起こらないから、奇跡と呼ぶ。

もう、あの方の瞳がオレを真っ直ぐに映す事はないかもしれない。

そう考えた瞬間、体中から血の気が引いた。

グラリと足元が揺れる。

揺れているのは世界か、自分か。それさえも分からないほど、頭の中が混乱を極めている。吐き気すら覚えた。

呼びかけると、軽く跳ねる肩が好きだ。

オレを見つけた青い瞳が、とろりと蕩《とろ》ける瞬間が好きだ。

柔らかそうな頬が、薄っすらと色付いていく変化が愛しい。

キラキラと目を輝かせて、花びらみたいに可憐な唇で、オレを呼んでくれる瞬間が、とても、とても好きだ。

当たり前のように与えられていたそれら全てが取り上げられて、オレ以外の誰かに与えられるかもしれないのだと、今更ながらに実感した。

そうだ。

同じ年頃の男が、彼女の隣に似合うと思っただろう。それは、つまりそういう事だ。あの方の眼差しも声も、細く白い手も柔らかな唇も、別の男のものになる。

オレ以外に微笑み、身を任せ、将来を誓い合う。

その姿を欠片でも想像した瞬間、強烈な怒りが全身を支配した。

血が沸騰しているかのようだ。ぐつぐつと煮えたぎるような怒りが臓腑《ぞうふ》を焼く。気が触れそうな程に体中が熱いのに、頭だけは冷え切っている。

自分の中にこれほど苛烈《かれつ》な感情があるなんて、知らなかった。

「……は」

場違いな笑いが洩れる。

乾いた笑いは、酷く獰猛《どうもう》な響きだった。

なにが、相応しくない、だ。

年の差だの身分差だの御託《ごたく》を並べてみても結局オレは、微塵も姫君を逃がすつもりはなかった。

剣の腕しか取り柄がない粗野な男が、なにを紳士ぶっていたのか。

あの方を失う以上の恐怖なんて、この世に存在しない。

ならばオレは、どんな手を使ってもあの手を掴もう。失くす前に、奪われる前に。

貪欲な自分に呆れはしたが、それ以上に清々《すがすが》しい気分ですらあった。

もう、迷いはない。

「申し訳ありません、姫君」

オレは貴方を逃してあげられそうにない。

密やかに呟いた声は、誰の耳にも届く事なく風に攫《さら》われて消えた。

元暗殺者の溜息。

霜柱《しもばしら》に押し上げられた土が、踏みしめる度にシャリシャリと軽快な音をたてる。頬を撫でた冷たい風は、道の隅に寄せられた枯れ葉を舞い上がらせた。

ラプター王国に訪れた短い秋は、既に冬の気配に覆い隠されそうになっている。もう一ヶ月もしないうちに、この辺りも雪が積もるだろう。

入り込んできた冷気を避ける為に、外套の襟元を引き上げる。

吐き出した息は、うっすらと白く凍った。

ラプター王国西部にある辺境の街、フクス。

一年程前に、少しだけ滞在した事がある。今のようにネーベルの間諜《かんちょう》ラーテではなく、ラプターの名もなき暗殺者として働いていた頃だった。

その時は、ネーベルとラプターの王都を行き来する商隊や行商人が立ち寄る街として賑わっていたが、今は静かなものだ。

田舎特有の穏やかな静閑《せいかん》さではなく、寂《さび》れた薄暗い雰囲気に包まれている。市場のある目抜き通りすらも人影はまばらで、行き交う人達の表情も精彩《せいさい》に欠けていた。

街中に若い男の姿が少ないのは、他所《よそ》へ出稼ぎに行っているのか。本格的な冬が来る前に、他国へ移住したのか。

いずれにせよ、先行きは暗い。

しかし、ここはまだマシな方だ。北にある街では暴動が起こったと聞く。幸い、大きな争いになる前に警備隊によって鎮圧《ちんあつ》されたが、一時的な措置《そち》に過ぎない。食料が不足している状況がこれ以上続けば、暴動は更に大規模なものとなり、火種《ひだね》は各地へと飛び火するだろう。

「小麦が一袋で銀貨十枚⁉　冗談でしょ⁉」

目抜き通りを歩いていると、耳障りなほど甲高い声が聞こえた。

市場の店先で、店主らしき中年女性と若い女が口論している姿が目に入る。

「冗談なもんか。こっちだってギリギリなんだから、嫌なら他所で買っておくれ」

「他に売っている場所がないから困っているのよ！　ねぇ、もう少しまけてくれない？　銀貨十枚なんて、うちの亭主《ていしゅ》の一週間分の稼ぎよ？　食べていけなくなっちゃうわ」

嫌そうに顔を顰めて、手で追い払おうとする中年女性に、若い女は食い下がる。

「安くしてくれたら近所で宣伝もするから。お願い！」

「そう言われても、無理なものは無理。何処も買い占められていて、うちでも次はいつ仕入れられるか分からないんだからね。こっちだって生活がかかってるんだ」

言い争いは続いているが、興味をなくしたオレは再び歩き始める。

もはや見慣れた光景なのか、一瞬足を止めた人達も何事もなかったかのように散っていった。

ネーベル王国の経済制裁は、早くも効果が現れている。

輸出入に制限がかかるとはいえ、国内での在庫が即座に尽きる訳ではない。

消費によってジワジワと流通が滞り始めるよりも早く、物が消えている。

原因は、一部の商人達による買い占めだ。

市場に物が出回り難《にく》くなり、民は不安を煽られた。

多少高くとも、あるうちにと商品を買い、更に別の人間もそれに倣《なら》う。その連鎖によって、物は更に無くなる。悪循環だと分かっていても止める術《すべ》はなく、今や相場の何倍もの高値で取引されるのが当たり前となってしまっていた。

このまま静観していたら勝手に自滅しそうだな、と胸中で呟く。

オレとしては大歓迎。

じわりじわりと病に蝕《むしば》まれるように、端から腐り落ちて滅んでいく様を傍観出来たとしたら、さぞ気分が晴れるだろう。

想像すると、自然と口角が吊り上がる。

しかしすぐに、溜息とともに愉快な気持ちは消えた。

非常に残念ながら、オレの主人は無益な殺生《せっしょう》を好まない。

敵国……しかも自分の命を狙った首謀者の治める国だというのに、きっとあのお嬢さんは、ラプター王国の現状を知れば心を痛めるのだろう。

オレとしては出来るだけ長く苦しめてやりたいと思うが、お嬢さんの心情を思うと断念せざるを得ない。

「本当、残念」

誰に向けるでもなく、独り言を吐き出す。

主人の善良な気質を好ましく思うが、元暗殺者という経歴が全く活《い》かせないのは少し残念だ。

お嬢さんが望むなら、国王を細切れにして家畜の餌にしてみせるのに。

各地を回って不安を煽り、国中を火の海に沈める事も苦ではない。反乱軍を手引して、城を襲わせるのも楽しそうだ。

それらの案を提示したら、お嬢さんは真っ青な顔で首を横に振るだろうけど。ぶるぶる震えながら必死にオレを止めようとする姿を思い浮かべると、気分が少し浮上した。殺戮《さつりく》を繰り返す想像よりも、ずっと楽しい。

結局の所、オレは主人の甘さを気に入っているのだろう。

よく切れるナイフを手に入れても、見せびらかすでも振り回すでもなく、鞘付きのまま大事に仕舞う人だからこそ、オレの手綱《たづな》を握れる。

お嬢さんは自分の価値を欠片も理解しておらず、過小評価する。身分以外は特筆すべき点のない凡人だと思っているようだが、とんでもない。

権力と金を前にして、僅かも堕落せず正気を保ち続けていられる精神力だけでも充分、特別だ。

お嬢さんの価値は、身分や容姿よりも中身にこそある。

泥中《でいちゅう》に咲く蓮《はす》のように、どんな環境でも凛と咲き誇る姿はなによりも美しい。

それを理解しているから、オレらしくもなく自重している。

感情に任せて全てを壊したらきっと気持ちがいい。障害になりそうな全てを取り除いたら、とても安心出来るだろう。でも同時に、なにより大切なもの……お嬢さんの心を損なってしまう。

「あーあ」

だからオレは、腹の底に溜まる苛立ちを溜息と共に吐き出す。

そんな不自由さえも悪くないと思ってしまう時点で、もう他の選択肢はないのだから。


街の中心部から少し外れた場所にある宿屋に辿り着く。二階の突き当たりにある部屋に入ると、椅子に腰掛けた紳士が軽く手をあげた。

「やぁ」

うら寂れた街の宿屋がまるで似合わない端整な顔立ちの男は、柔和な印象を与える菫色の瞳を細めて笑う。

白いシャツに灰色のトラウザーズ、黒いコートと全く飾り気のない装《よそお》いでも、滲み出る高貴さが隠しきれていない。

名は、エーミール・フォン・メルクル。ラプター王国現国王の実弟である。

情勢が安定していない今、ふらふらと出歩いていい人物ではない。

かといって、王都の邸宅に閉じこもっていたら安全という訳でもないが。

差し迫った現状を知りつつも何の対策もとらない国王に見切りをつけ、王弟を担ぎ上げようとする高位貴族が増えつつあった。

民衆や政治に興味は薄くとも、己の地位には誰よりも執着する国王は、優秀な弟を疎み、隙あらば排除しようと目論《もくろ》んでいる。

もし貴族連中の企《たくら》みを知れば、適当な理由をつけて処刑されかねない。

ここまで来たら、もはや退《ひ》く事も能《あた》わず。

現王を退位させ、新たに王となるか。反逆者として処刑されるか。選べる道は、二つに一つだ。

気の毒な事だと無責任な感想を抱きつつ、懐から紙片を取り出す。

「お望みの品です」

差し出したそれを、王弟は「ありがとう」と笑顔で受け取る。

四つ折りになった紙を開き、目で文字を追う途中で表情が僅かに強張った。しかし動揺は一瞬で、胡散臭い笑顔に隠される。

「切り札としては少々弱いでしょうが、後はご自身の手腕で乗り越えてください」

「弱い？　これが？」

淡々と告げると、王弟は呆れと感嘆が混じったような声をあげた。

王弟はこれから辺境伯を訪ねる予定だ。もちろん公務ではなく、知人として非公式の訪問となる。

軍事の要《かなめ》となる辺境伯の協力を確実に取り付けなければならないが、度々足を運ぶのも難しい。

ならば弱みとなる切り札をと、献上した情報。

それは辺境伯領にある山から、新たな鉱床《こうしょう》が発見されたというもの。

数十年前から銅の採れる鉱山として知られていたが、ここ最近は採掘量も少なく、もう数年もしないうちに廃山となるだろうと思われていた。

しかしここに来て、新たに金と銀の鉱床が見つかったらしい。量はさして多くはないが、金額にすれば相当な額となる。

経済制裁により食糧不足に悩む領民に、冬を越えさせられるだけの蓄《たくわ》えとなる。

そう考えたか定かではないが、国への正式な報告は未だなされていない。

国へ報告すれば、税金として利益の多くを持っていかれる。

そして、鉱山のある地域は王家の所領に近い。下手をすれば言いがかりをつけられ、鉱床の所有権を取り上げられる恐れさえある。

交渉相手に破滅願望でもない限りは、味方に引き入れる事が可能だろう。

「これで交渉決裂となったら、無能だと笑ってくれて構わないよ」

乾いた笑いを洩らしながら、王弟は折り畳んだ紙片を懐に差し込む。

それから、何故かじっとオレを見つめた。外套越しに刺さる視線が煩わしく、「何か？」と問う声に険が混ざる。

「いや。……単純に羨《うらや》ましいと思ってね。うちは年中、人材不足だから」

「勧誘ですか」

「出来るものなら、いくらでも注ぎ込むけれど」

王弟はそう言いつつも、声も表情も既に諦めている。オレが頷かないと理解した上での言葉遊びのつもりなのか。

「残念ながら、売約済みです」

「だよね」

疲れたように溜息を吐き出しながら、王弟はもう一度、「そうだよねぇ」と己に言い聞かせるように呟いた。

転生王女の捕獲。

ドサリ、と何かが落ちる音で急速に意識が覚醒した。

「……っ⁉」

傾きかけていた体を起こし、辺りを見回す。

焦点がゆっくりと合い始めた視界に映るのは、見慣れた自室。足元を見ると、開いたままの本が落ちていた。音の正体は、これのようだ。

読んでいる途中で、居眠りしかけていたらしい。

鈍く痛む頭を押さえながら、本を拾い上げる。埃を払う為に背表紙を軽く手で叩《はた》く動作は、我ながら笑ってしまうくらいに鈍《のろ》かった。

最近、あまり眠れていない……と言うと語弊があるか。正確に言うと、眠るのが怖い。物騒な夢を見るのが怖いというのもあるけれど、それよりも、知らない間に夢が現実になっていたらと考えると、恐ろしくてたまらなかった。

毎晩のように見る悪夢は、人や物の造形がやけにリアルで。目覚める度に現実でなかった事に心の底から安堵した。

でもあまりにもよく出来た夢だからこそ、怖い。

夢が覚めない日が来たら。

私の意思を無視して動き出した体が、誰かの命を奪ってしまったら。

そんな馬鹿みたいな考えが、頭の中でぐるぐる回っている。

「………………」

じっと無言で私が見つめる先は、ベッドの傍にある台の上。籐《とう》製の籠の中に丸まった黒い塊が、私の視線に気付いたように顔を上げる。

感情の読み取れないガラス玉みたいな目が、私を見つめ返す。

以前は凪いだ湖畔《こはん》の如き蒼だった瞳は、薄暗い海底の色に変わっている。その変化は、光の加減によるものなのか、気の所為なのか。もしくは別の要因があるのか。確かめるのさえ怖い。

姿は私の大切な愛猫のままなのに。どうして知らない生き物と対峙《たいじ》している気分になるのだろう。

私の中にある違和感を決定的なものにしてしまうのが怖くて、『ネロ』と呼びかける事が出来なかった。

睨み合う獣のようにじっと固まって見つめ合っていたが、唐突に興味をなくしたように、猫は私から視線を外して再び寝床に丸くなる。

無意識に詰めていた息を吐きだした。ソファの背凭れに体重を預けて目を瞑《つむ》ると、頭痛がより鮮明になった気がする。

考えなきゃいけない事は沢山あるのに、睡眠不足の頭では上手く纏まらない。

私の中に、魔王はいるの？

実感なんてない。

それでも、眠りに落ちる度に見る悪夢と、他人行儀な飼い猫の様子に不安が募っていく。

それとも、ネロの中にいるの？

人懐っこくて元気だったネロは、一日の大半を寝床で過ごすようになった。たまに動いても、私の傍には寄ってこない。別の生き物を観察しているような目は、私の可愛い子とはまるで違って見えた。

でも、ネロの態度は私ではなく私の中の魔王を警戒しているとも考えられる。

それから、魔王の復活によって何かしらの変化が起こっている可能性もあった。

どれもこれも、不確定要素ばかり。

考えれば考える程、不安だけが大きくなっていく。

「分かんないよ……」

小さな弱音が、零れ落ちた。

不安を押しやる為に、必死になって情報を集めた。

魔王関連の本は父様のところにあるので、魔法や魔力に関する書物を片っ端から調べた。

以前、イリーネ様から伺《うかが》った話では、この世界の人間は魔法を使える程ではなくとも、微量に魔力を持っている可能性があるとの事だった。

そして書物の情報によると、魔王は器の魔力を増幅させる力がある。

その二つを合わせると、私の中に魔王がいた場合、私の魔力量も上がっているという事。

つまり逆に考えると、私に魔法が使えたら、魔王は私の中にいるという証明になるんじゃないだろうか。

そう考えて色々と試してみたけれど、全て不発。

魔法も使えないし、魔法を使う時の身体的特徴も現れない。

イリーネ様か、ルッツとテオに教えて貰えればと考えて、すぐに駄目だと打ち消す。

魔王が私の中にいるかもしれないのに、魔導師と接触するのは危険だ。

やっぱり、父様に相談するべきか。

直接会うのは怖いから、信頼出来る人を介して、手紙なり伝言なりで指示を仰ぐのがベスト。

「…………」

そう頭で考えても、体が動きたがらない。

ぼんやりと天井を眺めていた私は、ソファの上、抱えた膝に頭を埋《うず》めた。

過去の書物や、乙女ゲームの中で出てきた魔王は、死体を操っていた。

魔王が抜けた器は当然、死体へと戻る。ゲームでは魔王を倒したのと同時に、ミハイルの体はチリとなって消える描写があったはず。

では、器が生きているとしたら？

その後は、一体どうなるの？

「っ……」

掻き抱いた自分の体は、カタカタと震えていた。

私の体を傷付けずに、魔王の足止めをして消滅させるなんて出来るとは思えない。魔王の再生能力のお陰で生き残れたとしても、魔王が抜けたときにどうなるかは分からない。

死にたくない。

生き物としての根源的な恐怖が湧き上がってくる。

王族としての責務だとか。民を守る義務だとか。立派な考えで虚勢を張ろうとしても、出来なかった。

ただひたすらに、怖くてたまらない。

誰かにしがみついて泣きわめきたくても、誰の手もとれない現実により一層打ちのめされる。

「レオンさま……」

駄目なのに。

もう私が頼ってはいけない人なのに、どうしても一番に思い浮かんでしまう。

レオンハルト様にはもう、花音ちゃんがいる。

私が入り込む隙間はもうない。だから諦めなきゃ。

昔、約束したように、解放してあげる時が来た。

それなのに私は、最後通牒《つうちょう》を突きつけられるのが嫌で、レオンハルト様との面会を拒否し続けている。

閉じ籠もっている私を心配して、連日通ってきてくれているのに。

そんな事をしては、花音ちゃんに誤解されちゃうからと心配する私と、最後なんだからもう少しだけ振り回されてくださいと願う私が同居している。

偶然、庭園にいたレオンハルト様を見た時、改めて思い知らされた。

私は未だに、全くレオンハルト様を諦められていない。どうしようもなく好きなまま。

この恋をどうやって終わらせたらいいのか、誰か教えてほしい。

「……っ？」

コンコン、と扉がノックされた。

顔を上げて、入り口を振り返る。

誰だろう。

……相手が誰であっても、暫くは取り次がないでとクラウスにお願いしてあるのに。

それとも、父様か母様かな？

だとしたら、クラウスにそれを突っぱねろというのはあまりにも可哀想だ。

溜息を一つ吐き出して、のろい動作で立ち上がる。たったこれだけの動きで、少しだけ目眩《めまい》を覚えた。

足元が覚束《おぼつか》なくて、フラフラと扉を目指す。

「……クラウス？」

伸ばした指先で扉に触れて、用件を聞くために声をかける。

しかし、応《いら》えはない。

シンとした静寂が流れる。

数秒待ってから、首を傾げた。ノックは聞き間違いだったのかと、踵を返そうとしたその時。

「……姫君」

馴染んだ声が、耳に届いた。

緊張しているのか少し掠れた低音は、私の大好きな人のもの。

呆けた私は、固まったまま扉を見つめる。

空耳かと思いかけて、私が彼の声を聞き間違える訳がないと打ち消す。

「レオンハルトです。不躾な真似をして申し訳ありません」

黙り込んだ私をどう思ったのか、レオンハルト様は扉越しに話を続ける。

我に返った私は、扉に触れていた手を慌てて引っ込める。蹌踉めくように数歩、後退った。

どうして、とシンプルな疑問が浮かぶ。

レオンハルト様は確かに、私を何度も訪ねてきてくれた。でも面会を拒否している私の気持ちを考慮してか、一度だって直接声をかけるような真似はしなかったのに。

「お咎めは後でいくらでも受けますので、どうか扉を開けてください」

混乱している私は、黙って立ち尽くす事しか出来ない。

胸の前で震える指先を握りしめた。

私に訴えかけるように扉が鳴る。

「話をさせてほしいんです」

聞きたくない。

私は力なく頭を振る。扉を隔てた彼に、そんな拒否が伝わる訳がないのに。耳を手で塞いで、扉から一歩ずつ離れる。

長い沈黙が落ちた。

扉を挟んで膠着《こうちゃく》状態となった私達は、お互いに無言で相手の出方を待っていた。

どれくらい経っただろうか。

溜息を吐く音が微かに聞こえた。去っていくだろうと考えて、安堵と共に寂しさを覚える。自分で拒否しておいて、そんな資格なんてないのに。

しかし私の予想を裏切って、レオンハルト様は立ち去らなかった。

「ほんの少しだけ、扉を開けてください。僅かでもお顔を見せていただけたら、今日は引き下がりますから」

レオンハルト様の言葉は、譲歩とも言えた。

それでも私は躊躇う。間近で顔を見たら、余計に諦められなくなりそうで怖い。

「お願いします、姫君……」

重ねられた懇願は、レオンハルト様の声とは思えない程に弱りきっていた。切なげな声音に、心を揺さぶられる。

私が彼を困らせていると思うと、たまらない気持ちになった。

異性へむける恋慕《れんぼ》でなくても、私の事を大切に思ってくれているのだと感じて、少しだけ満たされる。それと同時に、こんな風にいつまでも振り回していてはいけないとも思った。

彼は近衛騎士団の団長。王家の盾だ。私のような小娘にかかりきりになっていて良いわけない。

目を伏せて、深呼吸を繰り返す。

緊張に早鐘を打つ鼓動を鎮める為に胸を押さえ、もう一度深く息を吸った。

ちょっとだけ。

ほんの数秒、隙間から顔を見るだけ。

そう自分に言い聞かせながら、解錠する。

ドアノブに手をかけて開いた二十センチくらいの隙間からそっと外を覗いた。

レオンハルト様の綺麗なお顔が、想像よりも近い位置にあって驚く。

少し仰《の》け反《ぞ》って、扉を勢いで閉めてしまいそうになったけど、なんとか踏み止《とど》まる。

レオンハルト様は目を軽く瞠った後、安堵したように眦を緩めた。

私の好きなレオンハルト様の笑顔。……それなのに何故か、違和感を覚える。

黒獅子なんて異名を持つ方とは思えないほど、穏やかで優しいいつもの笑顔と、少しだけ違うような。

普段との違いを見極めようとしていた私は、腕を掴まれた事にすぐには気付けなかった。

「……へ？」

間の抜けた声を零しながら、私は掴まれた腕を見る。

扉の隙間から生えた手に、がっちりしっかり握られていた。

呆然と立ち尽くしている私を置き去りに、今度はガツ、と鈍い音がする。見ると扉の隙間にブーツの爪先が差し込まれていて、ドアストッパーみたいに扉が閉まるのを阻害していた。

冷や汗がブワッと吹き出す。

震える手を引き寄せようとしても、力で敵《かな》う筈もなく。痛みはないけど外せないという絶妙の力加減で腕を掴まれたまま、私は恐る恐る顔を上げる。

開いた扉の片側に、もう一方の手が掛かった。

レオンハルト様の墨色の瞳が、すぅっと細められる。形の良い唇が弓形に歪められる様を、為《な》す術《すべ》もなく見守った。

その笑みは獲物を前にした獣のように、美しくも恐ろしい。

「捕まえた」

転生王女の初恋。

扉がゆっくりと開く。

レオンハルト様はその隙間から体を滑り込ませた。至近距離に迫った大きな体躯に、私の体が小刻みに震えだしたのは、本能的な怯えによるものだろうか。

レオンハルト様の肩越しに見える扉が、パタンと閉まる。逃げ道はあっさりと閉ざされてしまった。

声も出せずに棒立ちする私が見上げる先、レオンハルト様は浮かべていた笑みを消す。形の良い眉が顰められる。

掴んでいた私の手首を離して、頬へ手を伸ばす。大きな手が私の頬を包み込んで、親指が目元をそっと擦った。

「顔色が悪い。こんなに憔悴《しょうすい》されて……」

愛しむような優しい手付きだったのに、私の体は強張る。

ゆっくりと頬を撫でてから、レオンハルト様は切なげに目を細めた。

「オレのせい？」

「っ、違います」

一瞬言葉に詰まったものの、否定の言葉と共に頭を振る。

レオンハルト様のせいではない。勝手に私が好きになって、勝手に失恋して傷付いているだけ。

私の気持ちの問題であって、レオンハルト様のせいではないし、花音ちゃんを責めるつもりもなかった。

「レオンハルト様には、関係のない事です」

安心してほしかったのに、何故かレオンハルト様の顔は強張る。

頬に触れていた堅い掌も、ビクリと跳ねて固まった。

「その、色々とこれまでご迷惑をおかけしてしまいましたが、もう」

「姫君。一週間前、庭園で落とし物をされましたよね」

私の事は気にしないでと伝えようと、続けた言葉に冷えた声が被せられる。いつも黙って私を待っていてくれる彼らしくない、強引な遮り方だった。

内容をすぐに理解出来ずに、ぱちぱちと瞬く私を、レオンハルト様は待ってくれない。

「オレとフヅキ殿が一緒にいるのを見て、勘違いされたのではありませんか？」

かんちがい、と意味も分からず鸚鵡《おうむ》返しする私の手を、レオンハルト様は取る。手を握られて距離を詰められて、目を白黒させる事しか出来ない。

「そうです、勘違いです。オレとフヅキ殿の間に特別な感情は……」

「ま、まって」

上手く働かない頭に、次々と単語を詰め込まれても全くついていけない。落とし物ってなんだとか、出歯亀《でばかめ》していたのバレてたんだとか、勘違いって何がとか。一つも解決されないまま、疑問がどんどん積み上げられていく。

頭がパンクしそうだ。

レオンハルト様に向けて、掌を突き出す。

「待って、ください」

掠れた声を絞り出す。

見上げたレオンハルト様の端整な顔が、苦しげに歪む。真っ直ぐに見ているのが辛くて、俯くふりで目を逸らした。

そもそもレオンハルト様は、なんでそんな事を言うんだろう。

てっきり、自分の事は諦めてほしいと振られるんだと思ったのに。全然違う方向へ転がっていく話に、混乱した。

勘違いって何だろう。レオンハルト様と花音ちゃんは、まだ恋人にはなってないのかな。

希望が蘇りかけたのを、慌てて打ち消す。今の私が、レオンハルト様に縋り付く事は許されない。

優しいレオンハルト様は、閉じ籠もっている私を心配してくれたけど。

それは私を好きだからじゃない。女として愛されているんじゃない。

勘違いするな。

花音ちゃんを好きでなかったとしても、私を好きになってくれると決まった訳じゃない。全く別の話だ。

そして可能性にいつまでもしがみついて、レオンハルト様を苦しめ続けては駄目。同情で縛り付けても苦しいだけだと、前から分かっていた筈でしょう。

幼い王女が一方的に慕うのと、成人した王女が望むのでは全く状況が違ってくる。

レオンハルト様の気持ちを無視して、手に入れる事が出来てしまう。

ここが、限界点。

そろそろ、手を離してあげる時期だ。

花音ちゃんの事がなくても。

魔王の事が思い違いであっても。

レオンハルト様を諦めるべき日が来た。

「もう、いいんです」

「姫君……？」

俯いたまま告げると、訝しげな声が返ってくる。心配そうな声を突き放すように、握られたままだった手を振りほどく。

顔をあげると、レオンハルト様は戸惑ったような顔をしていた。標《しるべ》を見失った旅人みたいな表情の彼に、笑いかける。強張っていないといいなと、願いながら。

「長い間、縛り付けてしまってごめんなさい」

「……っ」

レオンハルト様は息を呑む。ひゅ、と乾いた音が鳴った。

「前に、私が大人になったら、振られてあげますって約束しましたよね」

「姫君っ！」

私の言葉を打ち消すように叫ぶレオンハルト様は、何故か必死な顔をしていた。

もう、いいのに。

私はたくさん、レオンハルト様に優しくしてもらった。たくさんの思い出をもらった。

もう充分だ。これから、どんな困難な道が待ち受けていようとも頑張れる。この恋を支えに進める。

たった十年で何を言っているんだって笑われてしまいそうだけど、私にとっては一生分の恋だった。

「もう終わりにしましょう」

私とレオンハルト様の間には、何も始まっていないけど、と心の中で付け加えて笑う。零れ落ちそうになる涙を堪える為に、少しだけ上を向く。

「今まで、ありが……」

ありがとう、と言い切る前に声が途切れた。

強い力で腕を引かれる。腰を攫われるようにして引き寄せられ、顔が堅い何かにぶつかった。

視界いっぱいに広がるのは、黒に近い紺色。しっかりした生地のそれは、近衛騎士団の制服。

レオンハルト様に抱きしめられているのだと、一拍空けて理解した。

無意識のまま吸い込んだ空気に混ざる香りは、以前、寝惚けたレオンハルト様に抱きしめられた時の匂いと同じ。少しだけ甘さのある落ち着いた香りは、彼の体温が上がるのに合わせて、前より濃く香る。

僅かに混ざる汗の香りに、頭の芯がくらくらした。

なんで。

なんで私、レオンハルト様に抱き締められているんだろう。

「れお、」

呆然としたまま、レオンハルト様を呼ぼうとした。

しかし何も言うなとばかりに、腕の力が強まる。痛いくらいに抱き込まれて、身動ぎすらままならない。

「……貴方は、酷い人だ」

顔を押し付けた胸から、振動ごと声が伝わってくる。泣いているのかと勘違いしてしまいそうな震えた声を、私の耳に注ぎ込む。

「今更いらないなんて、許せる訳がないでしょう」

「……れおん、さま?」

ぴったりとくっついていた体が、僅かに離れる。拳一つ分あいた隙間に滑り込んできた手が、私の顎《あご》を捉えた。

乱暴ではないのに、抗う事を許さない強い力で上向かされる。

顔に影が差して、唇を吐息が掠めた。

「終わりになんてさせない」

言葉は直接、唇に吹き込まれる。薄く開いていた唇に覆いかぶさるように、唇が重なった。

頭の中が真っ白になる。

何が起こっているのか。現状がさっぱり理解出来ない。

ぱちぱちと、忙《せわ》しなく瞬きを繰り返しても景色は一向に変わらず。

焦点が合わない程、間近にあるレオンハルト様の顔。そして唇に重なる感触。少しカサついた柔らかなソレは、たぶん彼の唇で。

えっと、どういう事だ。

口と口がくっついたら、キスになっちゃう。でも、レオンハルト様が私にキスする理由もないし。

じゃあ、コレはなんなんだろう。キスじゃないなら、何なの？

ぐるぐる、ぐるぐると思考がループする。

何一つ理解出来ないまま、私はレオンハルト様の長い睫毛を眺めていた。

時間はたぶん、ほんの数秒だったんだろう。

ちゅ、と濡れた音を立てて唇が離れる。

レオンハルト様の伏せていた目が開いて、至近距離で視線が絡み合う。

じっと注がれる眼差しは、焦げ付きそうに熱い。祈りにも似たひたむきな感情が、視線と共に捧《ささ》げられた。

「……なん、で……？」

純粋な疑問が、ぽろりと口から零れ落ちる。

掠れた声は、近距離でも聞き取るのが難しい程小さなものだったけれど、レオンハルト様には届いたらしい。

端整な顔が、泣き笑うみたいに歪んだ。

「なんで？」

レオンハルト様は、私の言葉を繰り返す。私を責めているような、自嘲しているような。どちらとも取れるような声は、酷く苦しそうで。

無意識のまま伸ばしかけた手を、掴まれた。

レオンハルト様は、私の手を自分の頬へ導く。

押し当てられた私の掌に、懐くみたいに頬を擦り寄せる。

「そんなの、決まっている」

掌に唇が触れる。言葉と共に吐き出される呼気の熱を感じた。

「好きだからだ」

眉を顰めて、辛そうに声を絞り出す。

大好きな夜色の瞳が、ひたと私を見据えた。

「貴方を——愛しているから。それ以外に理由なんてない」

その言葉を聞いた瞬間、世界から彼以外の音が消えたような気さえした。

疑問とか猜疑心《さいぎしん》とか、色んなものが頭から消える。

真正面から捧げられた言葉だけが、すとんと心の中心に落ちた。

ああ、好きだから、口づけてくれたんだ、と。

じんわりと染み込むみたいに理解する。それを後押しするみたいに、レオンハルト様は私の掌や指先に、懇願するような口づけを繰り返す。

「ひめ、姫君……ローゼマリー様」

低く掠れた声で呼ばれても呆けたままの私に、今度はレオンハルト様が手を伸ばす。両手で頬を包み込まれて、さっきみたいに上向かされた。親指が唇を軽く押し、開かせる。

また、キスされるんだと思った瞬間。

はたと、我に返った。

「っ……！」

反射的に、私とレオンハルト様の顔の隙間に手を差し入れる。

「…………姫君」

私の掌で遮られている為、顔は見えないけれど、焦《じ》れたような声が降ってきた。

「ま、まって……っ。まって、ください」

顔が熱い。たぶん耳や首どころか、全身が真っ赤になっている気がする。混乱しすぎて、涙が滲んできた。

すきって、レオンハルト様が私をすきって言った？

そんな馬鹿な。だって、わたしだよ？

猪突猛進で、ネガティブで、お姫様らしいところなんて一つもなくって、子供体型で。レオンハルト様が好きだって泣き喚いた子供の頃から、何も変わってない。

そんな私をレオンハルト様が、好きになってくれた？

可愛い花音ちゃんじゃなくて、私を選んでくれたっていうの？

それ、なんて奇跡？

さっきまでと違う意味で、体が震える。

押し寄せるのは、戸惑いと歓喜。

失恋したと思いこんでいたから、唐突に訪れた幸せを受け止めきれなかった。

「……っ、あ」

混乱を極めたせいで声の出し方さえも忘れたんだろうか、私は。声が震えて、まともに出せない。

気を抜いたら、膝から崩れ落ちそう。

だって、レオンハルト様を諦めようと決めたのはついさっき。

失恋したって思って、十年以上温めてきた恋を手放そうとしていたのに。

そんなの、急に受け止めきれない。

胸がいっぱいになって、息が苦しい。呼ばれる度、触れられる度に、きゅうきゅうと心臓が締め付けられる。

幸せで死んでしまいそう。

「ローゼマリー様」

遮っていた手に、レオンハルト様の手が触れる。手首をそっと握られて、顔の前から退かされた。

今、きっと酷い顔しているのに。

真っ赤でぐしゃぐしゃで、見られたものじゃないはず。色んな液体が洩れているし。こんなの、百年の恋も冷めちゃう。

視線から逃れる為に俯く。

それを拒絶と受け取ったのだろうか。手首を掴む手が強張って、指が食い込んだ。

「……っ、どうすればいい？」

「……え？」

レオンハルト様の声は、酷く硬い。緊張しているのか、手首を拘束したままの指先もどんどん冷たくなっていった。

急激な変化に驚いて顔を上げる。みっともない顔を隠していた事も忘れていた。

「何でも用意する。貴方が望むなら、なんだってする」

レオンハルト様の端整な顔からも、血の気が失せている。

絶望の淵に立たされた時に、人はこんな顔をするのだろうかと。そんな事を考えてしまうくらい、彼は酷い顔をしていた。

「だから」

「レオン様？」

「だから、どうか……もう一度オレを愛してくれ」

くしゃりと顔を歪めて吐き出された言葉に、胸の真ん中を刺し貫かれる。

どろりとした執着めいた言葉に、少しだけ喜んだ後、死にたくなるくらいの自責の念を感じた。

私は、大好きな人になんて言葉を言わせてしまったんだろう。

誰よりも幸せになってほしい人を、私が苦しめてしまった。

そんな死にそうな顔で、苦しそうに言わないで。

好きだから。ちゃんと私も、好きだから。

そう思うのに、上手く言葉が出ない。

頭はずっと開店休業状態。涙腺《るいせん》は壊れた蛇口みたいにゆるゆるだし。足もガクガクで、立っているのがやっと。

こんな大事な時に、何一つ思い通りにならないのが歯がゆくて仕方ない。

「……、き」

ああ、もう。

頑張って、私の舌と言語中枢。

涙で滲んだ視界の中、レオンハルト様を見上げる。濁りのない黒い瞳を見据えてから、一番伝えたい言葉を告げた。

「……しゅき」

噛んだ。

一番大事な場面で噛んだ。しゅきってなんだよ、三歳児気取り（？）か。

今までの緊迫した状況が嘘のように、間の抜けた空気が流れる。

レオンハルト様の鋭い目が、きょとんと丸くなった。かわいい。かわいいけど、ちょっと今のやつは忘れてほしい。

これ以上ない程に赤かった筈の顔が、更に赤く染まっていく。そろそろ血管切れると思う。

両手で顔を覆って奇声をあげたいのに、両手首はレオンハルト様によって拘束されていて無理ときた。誰かわたしを埋めてください。もしくは軽く殴って、記憶喪失にして。

せめて笑い飛ばしてくれたらと思うのに、レオンハルト様は笑わない。

じっと私を見つめたまま、言葉を待っている。だから、私は覚悟を決めた。情けなくて消えてしまいたいけれど、もう一回。今度はちゃんと伝えるために。

ゆっくり口を開く。

「……すき、です。ずっと前から……ううん、今も」

息を詰めたレオンハルト様の唇が、きゅっと引き結ばれた。

期待と恐れに揺れ動く心を、眼差しが雄弁に語る。

ああ、なんて愛おしいんだろう。

「変わらず、貴方を愛しています」

「っ……」

告げた瞬間、レオンハルト様は私を掻き抱いた。

騎士団長の初恋。

腕の中に閉じ込めた体は、少しでも乱暴にしてしまえば壊れてしまうのではと怖くなるくらい細い。実際にオレが力任せに扱ったら、容易《たやす》く折れてしまうだろう。そう理解しているからこそ、どうにかギリギリ力を加減出来た。

許されるなら、力の限りに抱き締めたい。

失いかけた存在が腕の中にいるのだと。

「レオンさま」

名前を呼んでくれる愛しい声が、夢ではないのだと確かめたかった。

部屋に無理やり押し入って、どうにか誤解を解こうとしても、何故か姫君は頑《かたく》なで。縋り付くように愛を告げようとしても、最後まで言わせてさえくれない。声も表情も態度も、全てがオレを拒絶していた。

そしてダメ押しするが如く、告げられた一方的な別れ。

『もう終わりにしましょう』

心臓を真っ直ぐに刺し貫かれた気がした。

大きな衝撃が、体から温度を奪う。

嫌だ嫌だと、ガキみたいに頭の中で否定した。

儚い微笑みを浮かべる姫君の目は、既に何かを決めてしまっている。引き留める言葉を探す間さえも与えられない。花びらみたいに可憐な唇が、死刑宣告をするのをどうにか止めたくて、細い体を抱き締めた。

自分の胸に姫君の顔を押し付けて、物理的に言葉を奪う。

心臓が壊れそうに早鐘を打つ。嫌な汗が、首の後ろを流れた。

何故だ。どうして終わりにしようなんて言うんだ。

疑問を抱くのと同時に、嫌な予想が頭を過《よぎ》る。

姫君は、もうオレが好きではないのかもしれない。

それを認めるのは酷く恐ろしい事だった。

やはりか、と認める諦念《ていねん》に似た思いと、認められるはずがないと叫ぶ激情がせめぎ合う。拮抗《きっこう》したのはほんの一瞬。喰らいついた激情に、諦念はあっさりと消え失せた。

認めない。

許せる訳がない。

誰かを愛する気持ちすら理解出来ない欠陥品のオレに、愛情を注ぎ続けて人間にしたのは貴方なのに。

愛おしいと思う気持ちも、自分だけを見てほしいと願う心も、貴方がオレに教えたのに。

今更いらないなんて言われて簡単に諦められるものか。

つれない言葉を呼吸ごと奪う為に、愛らしい唇に噛みついた。

大きく見開いた蒼い瞳から逃れるように目を閉じ、感触だけを追う。

大切に護《まも》り慈しんできた花を、自分が踏みにじっている事に罪悪感を覚えるよりも、圧倒的に歓喜が勝《まさ》る。

触れるだけの子供じみた口づけなのに、今まで感じた事のない暴力的なまでの快感が脳髄を揺さ振った。

どれだけ求めていたのか、どれほど焦《こ》がれていたのか。触れてようやく気付く。砂漠で水を得た旅人のように、渇いた心が歓喜の声をあげた。

解放すると、姫君は呆然と立ち尽くす。

その表情に、恐れていた嫌悪が混ざっていない事に安堵したが、「なんで？」と呟く小さな声に凶暴な感情が再び頭を擡《もた》げた。

傷付けたくなんてないのに、姫君の無垢な心に爪痕《つめあと》を残したいと思ってしまった。

あまりにも姫君の心が真っ白で、綺麗で。醜いオレが傍にいてはいけないのだと責められた気がして。それなら同じ場所まで引き摺り下ろしたいと願った。

オレのような男が触れていい方ではないと理解していても、最早《もはや》止まる術《すべ》はない。とっくの昔に理性は本能に捻《ね》じ伏せられていた。

言葉で、接触で、姫君に希《こいねが》う。

それなのに、返ってきたのは拒絶。

確実に近づいてきている別れの気配に、呼吸さえ儘《まま》ならない。

あまりの恐怖に体が震えそうになる。世の中の人達は、こんな思いを何度も繰り返しているのか。

たった一度でもオレは、致命傷を負っているのに。

苦しい。息が上手く出来ない。溺れてしまいそうだ。

なんでもするから、愛してくれと情けなく縋り付く。

優しい姫君が振り払えないのを分かっていながら、なんて質《たち》の悪いヤツだと心中で自嘲した。だが改めるつもりはない。使える手は全部使う。出来る事ならなんだってやる。

姫君が離れていく以上に恐ろしい事なんてない。

離れないで。逃げないで。置いていかないでくれ。

別の誰かの手を取るというのなら、どうか今ここで息の根を止めてほしい。

端から真っ黒に塗り潰されていく思考を引き上げたのは、小さな声だった。

『……、き』

掻き消されてしまいそうに頼りのない声とは裏腹に、真っ直ぐな視線がオレを捉える。涙で滲んだ瞳は、青く澄んだ湖面のよう。

体は小刻みに震えていて、膝も笑っている。思い通りにならない体を歯痒《はがゆ》く感じているのか、姫君の柳眉《りゅうび》がきゅっと顰められた。

内容はまるで思いつかないけれど、何かを必死に伝えようとしてくれている事だけは分かる。

小さな唇が、空気を食《は》むように動く。

きゅっと一度噛み締めてから、再び開かれた口から愛らしい声が洩れた。

『……しゅき』

少し舌足らずな甘い声が、奇跡を紡ぐ。

一瞬、自分の頭が本格的にいかれたのかと思った。

壊れた脳が、都合の良い妄想を見ているんじゃないかと。しかし固まるオレの目の前で、姫君の顔が真っ赤に染まっていく。噛んでしまった事を恥じるみたいに涙目で震える様子は子ウサギのように愛らしい。

聞かなかったふりをするのが、姫君の為かもしれない。

でも無理だ。オレは今の告白をなかった事にはしたくない。

もう一度聞かせてほしいと目で訴えるオレに根負けする形で、姫君は繰り返してくれた。

『……すき、です。ずっと前から……ううん、今も』

しかたないひとね、と窘《たしな》めるみたいに、少しの呆れと大きな愛情を内包した青い瞳がとろりと溶ける。

『変わらず、貴方を愛しています』

そう言って微笑んだ姫君は、間違いなく世界で一番綺麗だった。

抱き締めた柔らかな存在に、胸が締め付けられる。

腕の中に大人しくおさまっていてくれる事実が、どうしようもなく嬉しい。失くす寸前だったからこそ余計に、尊く感じる。

すり、と頭に頬を摺り寄せる。

くすぐったいと言うように微かに身を捩るけれど、姫君は逃げようとしなかった。

受け入れられていると調子づいて、愛しい人の感触を堪能する。

細い首筋に顔を埋《うず》めると、淡い花のような香りがする。控え目なのにかぐわしく、甘く柔らかな匂い。

貴婦人らが身に纏う香水を、好ましく思った事はなかった。果実が腐る直前の如き甘ったるいにおいは、長く嗅いでいると気分が悪くなる。種類や濃淡に差はあれど、誰の香りにも惑わされる事はなかったのに。

姫君の香りは、どんな上等な酒よりもオレを酔わせる。

うっとりと目を細めて、深く息を吸い込む。この香りで肺を満たせたら、どんなに幸福だろうか。

柔らかなプラチナブロンドに指を絡め、感触を堪能する。

どこもかしこも気持ちよく、愛おしい。白い指と鱗《うろこ》みたいに小さくて形の良い爪、華奢な首筋に滑らかな頬。特に、淡い桃色の唇に触れた時の幸福感は何にも代えがたい。

もう一度味わいたいと言ったら、許してくださるだろうか。

「姫君」

我ながら、なんて甘ったるい声だろうと笑いたくなった。擦り寄る犬のように哀れな声で、唇を請う。従順な忠犬の顔で、優しい姫君をどう丸め込もうか考えているオレは、誰がどう見ても彼女に相応しい男ではないだろう。

そんなオレの企みに感づいたのか、姫君からの返事はない。

もう一度呼び掛けてみても、沈黙が続くだけ。

調子に乗って怒らせたかと、怖々と表情を盗み見る。すると腕の中の姫君は、こくりこくりと船を漕いでいた。

意識がふつりと途切れたのか、腕にかかる重みが増す。目元に隈をつくった姫君は、安らかな寝息をたて始めた。

ずっと悩んでいたようだったから、安心して眠ってしまったんだろうか。

「……」

目を伏せて、長く溜息を吐き出す。

安心してくれたのだと喜ぶべきか。男と認識してくれていないのかと哀しむべきか。

複雑な感情を持て余しつつも、姫君を抱き上げる。

起こしてしまわないようにそっと寝台に横たえて、掛布を整えた。

目元にかかる髪を指で退けて、頬を撫でる。愛おしくて、離れがたい。

寝顔を見つめているうちに、薄く開くふっくらとした唇に、視線が吸い寄せられた。

枕元に手をついて、屈みこむ。

唇を重ねようとして、どうにか止《とど》まった。

姫君の気持ちを無視したくない。

さっき強引に唇を奪っておいて何をと言われるかもしれないが、今は大切にしたいという気持ちが勝《まさ》った。

それでも、どうにも去りがたく、形の良い額にそっと口づけを落とす。これくらいは許されるだろうと、勝手すぎる独り言を胸中で洩らした。

そうして踵を返し、ドアノブに手を伸ばす。

しかし届く寸前に、外側から勝手にドアが開いた。

僅かに開いた隙間から覗いたのは、部下であり、姫君の護衛騎士でもある男の顔。普段は爽やかに笑む男は表情の全てを削ぎ落とし、新緑に似た翠の瞳は瞳孔が開いている。

「……クラウス」

ブチギレているな、これは。

どこまで会話が聞こえていたか分からないが、物音は聞こえたはず。色々とやらかしたオレは、心当たりがありすぎて悩む。

日に日に憔悴していく姫君を心配し、断腸《だんちょう》の思いでオレを通したクラウスが怒るのも当然だろう。数発殴るだけで許されるだろうかと頭の隅で考える。

「団長」

目は全く笑っていないのに、薄い唇だけは口角を吊り上げて笑みを形作る。

「オレの主《あるじ》になにしやがったんですか、ぶっ殺すぞ」

低い声で凄む男に苦笑いを返しながら、廊下へと出る。

今はなにより優先されるのは、クラウスの怒りでもオレの命の保証でもない。姫君の安眠だ。

扉をゆっくり閉じてから、「苦情はあとでいくらでも受け付ける」と両手を軽くあげて降参の意を示した。

第一王子の苦悩。

いい加減、我慢の限界だ。

廊下を進みながら、胸中で吐き捨てる。

腹の底に蟠る苛立ちは、動作や表情に出さないよう気を付けていたつもりだったが、道を空ける侍女らの顔色を見る限り、上手く制御出来ていないらしい。

「クリストフ殿下。どちらへ……」

困惑した様子ながらも後をついてくる護衛に、返事をする心の余裕さえない。

目的の部屋に辿り着くと、中へと取り次ぎを頼む。さして間を空けずに「入れ」と短く促されて、室内へと足を踏み入れた。

部屋の主たる国王が顔をあげ、書類が山積した執務机越しに視線が合う。

「いつまで放置なさるおつもりですか」

形式的な挨拶も前置きもなく、出し抜けに本題をぶつける。

控えていた文官は、ぎょっと目を剥《む》いたが、国王は常の無表情のまま。すい、と手を振って人払いを指示する。文官は礼をとってから、慌てて部屋を出ていった。

私も視線で護衛に退室を命じる。

僅かの沈黙の後、出ていった彼の手で扉が閉められた。

国王は手元の書類に視線を戻す。酷薄な印象を受ける瞳が文字を追う様子を眺めていると、更に苛立ちが増した。

「陛下」

刺々しい心情を隠さず呼ぶ。しかし国王は私の声など聞こえていないかのように、羽根ペンを手に取って署名した。

決裁済みの山に書類を放り、羽根ペンを置く。椅子の背凭れに寄り掛かるように体重をかけると、ぎしりと乾いた音が鳴った。腹の上で手を組んだ国王は、ようやく私へと視線を向ける。

「それで、何の用だ」

用件など聞かずとも分かりきっているだろうに。

僅かの歪みもない端整な顔を真正面から睨《ね》め付けながら、私は唇を噛み締めた。

私の妹、ローゼの様子がおかしいと報告を受けたのが一週間前。

それ以降ずっと部屋に閉じ籠っているらしい。一度だけ図書室に行ったようだが、それだけ。毎日のように立ち寄っていた温室にさえ近づかない。

体調が悪いのか？　なにか嫌な事があったのか？

考えてみたが、導き出される答えは否だ。

あの子は、自分よりも周りの気持ちを大切にする。

辛い事があったとしたら、閉じ籠るのではなく普段通りを装う筈。自分だけの問題なら、気取《けど》らせないよう、から元気でも笑ってみせるだろう。

そんなあの子が、部屋に閉じ籠っているというのは明らかに異常事態。

取り繕えないほど大きな問題を、一人で抱え込んでいるのではないか。

それは目の前の男も、気づいている筈なのに。

「……貴方が動かないのならば、それでいい。こちらも勝手にします」

「面会を許可した覚えはないが」

薄青の瞳と淡々とした声に変化はなかったが、呆れと嘲《あざけ》りを向けられたと感じたのは被害妄想か。真実だろうと気のせいだろうと、どっちでもいいが。

「許可を出す気などないくせに」

ハッと鼻で嗤った。王太子という立場にあっても不敬だと断じられかねない態度を、改める気などない。

酷く凶暴な衝動が、腹の底で渦巻いている。吐き出さなければ、おかしくなりそうだ。

「お前はアレの事となると、途端に愚かになるな」

「否定はしません。ですが賢明な王太子であろうと願うのもまた、あの子の存在があってこそです」

弟妹《ていまい》の存在が良くも悪くも、私を人間にする。

「私とヨハンの原動力は、あの子だ。誰にも奪わせはしない」

室内に沈黙が落ちる。

ギィと椅子が鳴いた後、国王の薄い唇から溜息が洩れた。

「宣言されるまでもなく理解している。アレはお前達だけでなく、多くの人間の生命線だ。しかも揃って、国の中枢に食い込む要人ばかり」

厄介な事だ、と国王は目を伏せ呟く。

「ならば、何故」

分かっていながら、どうして放っておくのか。

暫しの間の後に開かれた目は、焦れたように疑問を投げる私を捉えた。

「手を出さないのではなく、出せない、が正しい」

「……？」

意図を汲み取れず、無言のまま次の言葉を待つ。

「閉じ籠るという行為は、他者との関わりを断つもの。考えられる可能性は、他者から己を守る為の行為。そして、その逆の二通りだ」

「逆……」

国王の言葉を、独り言のように繰り返した。

誰かから身を守る事の逆。

つまりローゼは、自分自身から誰かを守ろうとしている……？

そんな馬鹿な。

あの子が他人を傷つけるなんて出来る訳がない。

自分よりも人を優先出来る子だ。

感情的になったとしても、誰かを害するという選択肢自体が存在していないのではとさえ思う。

ローゼだって人間なのだから負の感情くらい持っているだろうが、それにしてもあの子の気性を考えると、暴力とは結び付かない。

理性で制御する以前の問題だ。

誰かに命令でもされない限り、可能性はゼロ。

「……」

そこまで考えて、嫌な予感がした。

あの子の意思を無視して、他者を傷付ける可能性。

『魔王』という単語が頭に浮かぶ。

同時に全身から、ドッと嫌な汗が噴き出した。

「異世界からの客人と接触しても特に変化は見られなかった。その後も異変はなかったというのに、まさか今頃になってとはな」

「っ、そうです。フヅキが触れても問題なかったと聞きました。なら、あの子が抱えている問題は別にあるのでは？」

上に立つ者は、常に最悪の状況を想定する必要がある。

王太子という立場にある人間が、希望的観測で見誤るなどあってはならないというのに、必死に可能性へと縋り付いてしまう。

「そうではない。客人との接触で炙《あぶ》り出せるという認識が間違っていたという事だ」

分かっているだろう、と言わんばかりに、国王は現実を私に突き付ける。

「魔導師長の指導の下、客人は能力の制御方法を学んではいるが、魔法とは似て非なるもの。何処まで通用するかは分からない」

剣や魔法は器に傷をつける事は出来ても、魔王そのものを滅ぼす力はない。

切り札とも呼べるフヅキの能力が未だ開花しきれておらず、滅ぼすには足りないのだとしたら。

「封印も考慮し、打てる手は既に打っている。しかし、今こちらから動くのは得策ではない。……現状、アレを人質に取られているようなものだからな」

苦い声でそう告げた国王の眉間には、深く皺が刻まれている。

普段の無表情との差が、差し迫った状況を物語っているようで、足元が崩れ落ちるような心許《こころもと》なさを覚えた。

ぐらりと揺らぎそうになった体を、ぐっと押し留める。

目を逸らしていても、現状は好転しない。

大切な妹が人質に取られているというのに、嘆いている場合か。

「……私に出来る事はございますか」

押し殺した声で問うと、国王は意外だと言いたげに軽く瞬く。

心情を読むようにじっと顔を見つめた後、ふ、と詰めていた息を吐いた。

「大人しく仕事でもしていろ」

ない、と言外に告げる。

「アレが守りたい人間の中にはお前も含まれている。不用意に近づいて、苦しめてやるな」

知ったような口を利くなと言ってやりたかったが、出来なかったのは、国王の表情が予想外に柔らかかったからだろうか。

しかし一瞬の後には、見間違いであったかのように、いつもの冷徹なそれに取って代わった。

「アレの精神が限界だと判断したら、消滅から封印へと切り替える。その覚悟はしておけ」

ぐっと拳を握り締め、衝動を堪える。

頷けないが、反論も出来ない。代替案を持たない私が「許さない」と喚いても、何の意味もない事は理解していた。

今、私が出来る事はここにはない。

時間を浪費するのではなく、ローゼを救う手立てを考えよう。

退室する旨を伝え、踵を返す。

扉が閉まる寸前、誰に言うでもない独り言めいた国王の言葉が耳に届いた。

「もっとも、あの能天気な娘が、闇に呑まれるというのは想像出来んがな」

父親のような言葉は癪《しゃく》に障るが、私もそう思う。

優しく温かな、私の太陽。あの子に暗闇は似合わない。

或る密偵の不安。

掲げた手に下りてきた鳥の足から、括《くく》ってあった紙を取り外す。

ミミズがのたくったような文字は、一見すると子供の落書き。しかし規則性を理解している者が読めば、意味のある文章となる暗号だ。

オレと同じ名の相棒、カラスは利口で人間に捕まる可能性は極めて低いが、念には念を入れて。

ちなみにコレは、隣国ラプターに潜伏中の同僚、ラーテからの報告書だ。

苛立ったように乱れているせいで、余計に子供の筆跡らしく見えるが、それにしても。

「汚い……」

つい愚痴が零れた。

解読出来る最低限の規則性は守っているとはいえ、本当にギリギリだ。途轍もなく迷惑だが、文句を言っても、『読めたならいいでしょ』とへらへら笑うだけだろうから言わない。

返ってくるものはなく、無駄に時間と精神を消費するだけなんて、あまりにも馬鹿馬鹿しい。

それに、今のラーテは取扱注意の危険物だ。

ラプター王国という獲物を与えているから、比較的大人しくはしているものの、いつ凶暴な本性を現すか分かったものではない。

アイツは本来、飼いならせない種類の獣だ。

何処に属していても、誰にも膝を折らない。

気に入らなければ簡単に裏切るし、最終的に従うのは己の意思だけ。

初めて自分から求めた主人である『姫さん』という鎖がなくなれば、きっともう、制御は不可能になる。

「今の姫さんを見たら、大変な事になるな」

夜の暗闇の中、灯《あか》りのついていない姫さんの部屋の窓を眺めながら独り言を零す。

ここ数日の姫さんは部屋に閉じ籠って、一人で何かを抱え込んでいる。

らしくもない暗い顔をして、思い詰めた様子の彼女を見たら、ラーテが何をしでかすのか。考えたくもなかった。

いや、奴に限った事ではない。

姫さんが部屋から出てこなくなっただけで、多くの人間が戸惑っている。まるで太陽が突然消えてしまったかのように、調子を崩していた。

そしてそれは、いつだって泰然と構える国王陛下も例外ではなく。

『アレから目を離すな』

予告なく呼び戻されたかと思えば、与えられた任務は姫さんの監視。

命じる陛下の顔は常の無表情ながらも、少しだけ違うようにも見えた。冷徹な表情の中、僅かに混ざっているのは憂い。

娘を心配するような人間らしい感情が、この人にもあるのかと驚くよりも先に、オレは動揺した。

陛下が心配するほどの何かが、姫さんの身に起こっている。

姫さんの周囲はいつだって騒がしく、安寧とは程遠い。自分から揉め事に首を突っ込みに行っているのではと疑いたくなるくらいで、身の危険が迫ったのも数え切れない。

それでも、いつでも陛下はただ見守ってきた。

そんな陛下が動こうとしている事実が、オレの不安を掻き立てる。

なぁ、姫さん。

何をしている。何を考えている？

まさか『魔王』なんてものに、一人で挑もうなんて、無謀な事は考えてないよな？

『アレの命を最優先にしろ』

陛下の言葉が脳裏に蘇る。

「……言われずとも」

空を見上げて呟いた声は、誰に拾われる事もなく闇に溶けて消えた。

転生王女の啖呵《たんか》。

ふと気づくと、辺りは真っ暗だった。

ぼんやりとして不明瞭な頭を押さえながら、身を起こす。

随分長い事眠っていたような気がする。今何時だろう。

部屋の暗さを考えると、夜中だと思うけど……というか、何してたんだっけ。

パズルを並べるみたいに、記憶を一つ一つ呼び起こす。部屋に閉じ籠って、本を片っ端から読んでいて、それから、それから……。

額に当てていた手が滑り落ちる時、指先が唇を掠めた。それと同時に、記憶が一気に頭の中になだれ込んでくる。

唇に触れた熱、感触、声音。

抱き込まれた腕の中の力強さと匂い。

『好きだからだ』

切なげな告白が蘇った途端、ぼんっと沸騰するように顔が熱くなった。

「っ……!?」

え、え、あれ？

すすすす、好きって、言われたよね⁉

わたし、レオンハルト様に好きって言われたよねぇ⁉

湯気が出そうな程に熱を持った頬を両手で押さえながら、必死に記憶を掘り起こす。

好きって、言われた。うん、気のせいじゃない。

レオンハルト様の声は少し掠れて色っぽくても、聞き取りやすいし。聞き間違いじゃない。隙でも鋤《すき》でもなく『好き』なはず。

『ローゼマリー様』

そうだ。何度も名前を呼んでくれたし、勘違いでもない。

うん、わたし、ローゼマリー。大丈夫、人違い、違う。

何故か脳内で片言になりながらも、うんうん、と何度も頷く。

真面目な顔で確認点検するように数え上げてから、ふ、と息を吐く。へにゃりと顔が笑み崩れた。

すき、なんだって。

レオンハルト様、わたしのこと、すきなんだって。

「えへへへ……」

ふつふつと、胸の奥から幸福感が湧き上がってくる。

嬉しくて、嬉しくて、頭がどうにかなりそうだ。

もしかしたら既に頭のネジが一本や二本、抜け落ちているかもしれない。幸せ過ぎて、意識しないまま、口からおかしな笑いが洩れる。顔の筋肉がゆるゆるで、勝手に笑顔になってしまう。今の私は誰にも見せられないくらい、酷い有様だろう。

特にレオンハルト様には絶対に見せられない。

せっかく好きになってもらえたんだから、幻滅とかされたくないし。

「夢じゃないよね……？」

一頻《ひとしき》り幸せを噛み締めた後、小さな声で呟く。

そのすぐ後、落ち着くタイミングを見計らっていたかのように小さな音が鳴った。

控え目なノックに、肩が軽く跳ねる。

速い鼓動を刻む胸に手を当てながら、「はい」と応えた。しかし扉の向こうからの返事はない。

「……？」

誰だろう。

不審に思いながらも、ベッドを降りる。

そういえば、クラウスはどうしたんだろう。時間が遅いから交代したとしても、誰かしら近衛の方がいてくれる筈なんだけど。

首を傾げつつ、扉に近付く。

ノブに手をかけて、ふと留まった。

状況と時間を鑑みると、開けるのは不味《まず》いと判断したから。

「……どなたですか？」

警戒心丸出しの声で問う。

暫しの沈黙の後、「レオンハルトです」と返ってきて、条件反射のように扉を開けた。

扉の隙間から、端整な顔立ちが覗く。

嬉しくなって笑いかけようとした。

でも途中で彼の表情が硬い事に気付いて、中途半端な顔になってしまった。

「……どうなさったんですか？」

次に会ったらどんな顔したらいいのかとか、何を話したらいいのかとか、ある意味幸せな悩み事はどこかに飛んで行った。

それくらい、レオンハルト様は悲壮な顔をしている。

「……殿下にお話ししなければならない事がございます」

表情と同様に、硬い声。

話し方も呼び方も、素を曝《さら》け出してくれていた時とは全然違う。急に突き放されて、足元が崩れ落ちそうな心許なさを感じた。

さっきまでの幸福な気持ちが、しゅんと萎れていく。

「レオン、さま……？」

なにかあったんだろうか。

私が閉じ籠っている間に大変な事が起こったのかもしれない。

「お話とは、なんでしょう」

浮かれている場合じゃないと己に言い聞かせて、表情を引き締めた。

少しの静寂の後、レオンハルト様は口を開く。

「カノン・フヅキ様と、結婚する事が決まりました」

「……え？」

低い声で告げられた内容は、到底信じられるものではなく。

呆けた声が、ぽつりと唇から零れ落ちた。

……結婚？

花音ちゃんが結婚するって……一体、誰と？

目を見開いて固まる私を見つめたまま、レオンハルト様は言葉を続ける。

「国王陛下にもお許しを頂き、来年の春には式を挙げる予定です」

花音ちゃんは、この世界に残る決断をしてくれたとか、親戚筋の子爵家の養女になってから嫁入りする予定だとか。オルセイン伯爵家の後継は弟さんに譲るから、伯爵夫人という枷《かせ》は背負わせずに済むとか。聞きたくもない情報がどんどん頭の中に詰め込まれていく。

私はそんな事が知りたいんじゃない。

なんで。なんで？

私の事、好きって言ってくれたでしょう？

あんなに必死になって、私をほしがってくれたのに。

どうして他の人と結婚するなんて言うの？

疑問は沢山浮かぶのに、上手く言葉に出来ない。

震えだした手をぎゅっと握りしめて、レオンハルト様を見上げる。一つも楽しい事なんてないのに、笑いそうになってるのは何でなんだろう。

「……うそ、ですよね？」

「……」

掠れた問いかけに返ってくるのは沈黙だけ。

「わた、わたしの事、好きって言ってくれたじゃないですか……っ」

必死になって言葉を紡ぐ私を、レオンハルト様は憐れむような目で見る。

黒い瞳にはいつもの柔らかくて温かな光はなく、温度のない空虚な暗闇が、じっと私を覗き込んでいた。

「貴方を女性として愛した事は、一度もありません」

ひゅ、と短く息を吸い込む。

凍り付いた私を冷たく突き放した彼は、追い打ちのように、残酷な言葉を投げ寄越した。

「夢でも見たのではありませんか」

あの幸福な時間が、ただの夢だと。

その姿で……私の最愛の人の姿で言うのか。

呼吸そのものを止めてしまえる、致死量の毒を注ぎ込まれた。

もしかしたら鼓動が実際、コンマ数秒止まったんじゃないだろうか。そのくらいの威力が彼の言葉にはあった。

「……っ」

大きく息を吸い込んで、吐き出す。

きゅっと唇を噛み締めて、両足に力を入れる。

ちょっと前の私だったら、きっと恥も外聞もなく大声で泣きわめいていた。

そのまま死んでも構わないってくらい、きっと全力で泣いたと思う。

でも今の私は、泣かない。絶対に。

悲しくもないのに泣いてたまるか。

もう一度、ゆっくりと深呼吸をしてから目の前の存在に視点を合わせる。

私の大切な人の姿をしたものを見据えてから、口を開いた。

「……貴方、誰？」

切れ長な黒い目が、くっと見開かれる。

一瞬、意外そうな顔つきはしたものの、動揺した様子はない。静かな声で「私をお忘れですか？」と問い返してくる。

「貴方はレオンハルト様じゃない。彼がそんな事、言う筈ないもの」

レオンハルト様の顔をしたなにかは、冷めた目で溜息を吐く。

「貴方を愛していない私は、私ではないと仰るか」

刺し貫かれるような痛みに息を詰める。でもすぐに、頭を振って雑念ごと振り払った。

「愛の告白が夢だったとしても、レオンハルト様の愛する人が……わたしじゃ、なく、ても……っ、それでも、貴方がレオンハルト様じゃないという事だけはハッキリ言える」

言葉を切って、目の前のそれを睨み付けた。

「そのくらい、レオンハルト様には大切にしてもらってきたわ」

親子ほども年齢が離れた子供に愛を告げられ、戸惑いながらも彼は、ずっと私に誠意を尽くしてくれた。

そんな優しい人が、こんな最悪の言葉選びで私を傷付ける筈がない。

そうやって自惚れられる程度には、大切にされてきた自覚はある。

だから泣く必要も、傷付く理由もない。

「私の大切な人の姿を騙《かた》るのは止《や》めて。大体、全然似てないのよ。本物は貴方の五億倍格好良いわ」

涙目になりかけながらも、啖呵を切る。

「もっと勉強して出直して来なさい！」

叫んだ瞬間、目の前の姿がぐにゃりと歪む。

私が自室だと思っていた空間ごと、かき混ぜた鍋の中身みたいに混ざり合って、闇へと消える。

ああ、今見ていたものこそが夢だったんだと悟ると、意識が急激に浮かび上がった。

魔導師達の緊迫。

王城の一角にある、とある一室にて。

オレ――ルッツ・アイレンベルクは、酷く憂鬱な気持ちで目の前の光景を眺めていた。

家具も何も置かれていない、がらんどうの部屋。結構な広さがあるにも拘わらず息苦しさを感じるのは、窓一つない閉塞《へいそく》的な造りの為だろう。

そんな異質な部屋の中でも、最も奇異なもの。それは、大理石の床一面に描かれた模様だ。

幾何学《きかがく》模様と古代文字を組み合わせたようなソレは、異なる世界から客人を呼び寄せた召喚陣によく似ているが、用途は全くの別物。

この世の災厄たる魔王を封印する為に、先人達が残してくれた術式だ。

「……ルッツ」

隣に立っていたテオは、肘で軽くオレを押す。

「酷い顔してんぞ」

視線を向けると、苦い笑みを浮かべるテオも酷い顔をしている。

お前もな、と返しかけて止《や》めた。そんなのは言わなくても、自分で分かっているだろうから。

ここ最近、テオはずっとこんな顔をしている。

魔王の封印が解かれたという情報にオレ達は衝撃を受けたが、そうではない。オレとテオにとって重要なのは、封印が解かれたその場に姫がいたって事だ。

姫に異変はないという報告は受けていても、欠片も安心出来なかった。

無事な姿をこの目で確かめたいのに、魔導師という特殊な立場のせいで近づく事も叶わない。そんな日が続いて、鬱屈《うっくつ》は溜まるばかりだ。

いつもはオレが行き詰まっていると、そうと気付かせずに息抜きに付き合ってくれる面倒見の良いテオも、そんな余裕はないらしい。

ピリピリした様子で、思い詰めたような顔をしている時間が増えた。

そんな状態のオレ達に課せられた任務が、封印の儀式の準備。

動揺するなという方が、無理だろう。

魔法陣の縁《ふち》に立ち、傍らのミハイルと言葉を交わしていた師匠がオレ達の方を向く。無意識のまま、肩が跳ねた。

「ルッツ、テオ。こちらへ」

平時と変わらぬ声と表情で呼ばれる。

「……はい」

テオは硬い声で返し、踏み出す。

オレも倣おうとしたけれど、足が酷く重かった。まるで縫い付けられたように立ち竦むオレを、テオが振り返って心配そうに見る。

ガキみたいにここで駄々を捏ねても、なんの意味もないと分かっている。

魔王が解き放たれた可能性がある今、魔法陣の必要性も理解していた。

それでも無理だ。分かっているのに、どうしても自分を納得させられない。

その魔法陣が封じる対象が、自分の大切な人になるかもしれないと、そう考えるだけで足が竦むんだ。

「ルッツ」

師匠は静かな声で、もう一度オレを呼んだ。

責める色も宥める色も見つけられない、平坦な声だった。

「こちらへ」

もう一度、同じ言葉を繰り返す。

「……っ」

俯きかけた顔を上げ、重い足を動かした。たった数歩の距離にどれだけ時間がかかっているのか、自分が情けなくなってくる。

でも、誰も責めなかった。馬鹿にしなかった。テオも、ミハイルも。普段は厳しい師匠でさえも。

のろいオレを、待っていてくれた。

「御覧なさい」

傍まで来たオレの視線を誘導するように、師匠は下を向く。

「ここの術式は、封印に直接は関係ありません」

魔法陣の一部である古代文字を指さした。それにオレは驚く。

緻密《ちみつ》に計算され、複雑に絡み合う術式は、決して一年や二年で組み上げられるものではない。おそらく生涯をかけた研究を何人もの人間が繋いで、やっと完成したものだ。それに余分なものを入れるなんて、考えられない。

「では、何の用途で?」

「器の保護を目的としています」

「!」

封印とは対照的な位置にある言葉に、オレは耳を疑った。

「魔王を器に縛り付けておく為という解釈も出来ますが、おそらくそうではない。魔法陣まで魔王を誘導した後なら、寧ろ器は邪魔なはずです。けれど、研究者達はその術式を排除しなかった。知識を受け継いできた誰一人として、これを不必要だと判断しなかった。それは何故でしょうね?」

師匠はそう言ってオレと視線を合わせる。問いかけの形をとりながらも、師匠は既に答えを得ているようだった。

もう一度、魔法陣を見下ろす。無機質なはずのただの図形。けれど、それに託された思いが、少しだけ感じ取れた気がした。

そうか。オレが姫を失えないと思うように、きっと今まで研究に携わってきた人達にも、失いたくない人がいたのか。

魔王への恐怖や怨嗟だけで構成されていると思っていたけど、そうじゃない。

大切な人を取り戻したい、守り抜きたいという真摯《しんし》な願いが込められていた。

「封印に関しては、まだ不明な点が数多くあります。魔王も同様。無事に取り返せるという確証は、一つもない」

厳しい現状を包み隠さず伝えてくる師匠の言葉にオレは、今度は俯かずにすんだ。

「それでも」

ぎゅっと拳を握り込みながら、口を開く。

諦めない。諦めてたまるか。

「可能性はゼロじゃない」

オレが言い切ると、師匠は口角を僅かに吊り上げる。

よく出来ましたと言うような笑みは、幻だったかのように瞬きする間に消えた。

「では、為すべき事は分かりますね」

淡々と告げるのは、いつも通りの師匠だ。

頷いて、表情を引き締める。隣に立つテオの顔からも迷いが消えていた。

転生王女の絶望。

ぱちりと目を開けると、またしても周囲は真っ暗であった。

夢から覚めても暗闇。無限ループに陥ったかのような恐ろしさを感じて鳥肌が立つ。

でも少しすると目が暗闇に慣れたのか、室内の様子が見えるようになった。見慣れた自室の景色に肩の力が抜ける。

さっきまでの得体のしれない闇ではない。覚えのある、夜の暗さだ。

ほぅ、と安堵の息を零す。

威勢よく啖呵を切ったはいいものの、正直怖かった。

私は花音ちゃんみたいに特別な力を持つヒロインではない。漫画やアニメの主人公達のように、才能がある訳でもない。

世界を救うどころか自分の身を護るだけの力すらないのに、正体不明の存在にたてつくとか、我ながら無謀だったと思う。

一歩間違えば、指先一つでぷちっと潰されていたかもしれない可能性に気付いて、今更ながらにぞっとした。

「夢で良かった……」

二重の意味で。

訳分からないものに対峙するのも、レオンハルト様に振られるのもご免だ。

というか、アレは魔王なんだろうか。

やはり魔王は、私の中にいるの？

己のささやかな胸に、そっと手を当てる。

だとしたら、夢という形でしか接触してこない事にも意味があるのかな。

もし魔力を殆ど持たない私の中にいる事で、なんらかの制約を受けているのなら、対応策があるかもしれない。

少し眠れたお蔭か、頭がすっきりしていた。

ネガティブな考えが消えて、代わりに楽観的な感覚が戻ってくる。

うん、そう。これが私。弱っちくて特別な力も持ってないけれど、精いっぱい足掻く。

恋も命も、簡単に諦めてたまるもんか。

そうと決まれば、やる事はいっぱいある。

まずは、今のうちに考えを纏めておこう。

寝台に手をついて身を起こす。

全身の怠さは、一週間にも及ぶ不摂生《ふせっせい》のせいだろう。でもその不調も、ここが夢ではなく現実である事の証明みたいに思えて、少し嬉しくもあった。

「さむ……」

夜気《やき》が肌を刺す。腕を擦りながら辺りを見回すと、ソファの上に畳んで置かれたショールを見つけた。

取りに行こうとした私の足が、綴《つづ》れ織りの上質な絨毯《じゅうたん》に触れるのと、ほぼ同時。

油断しきっていた頭に、声が響いた。

『出直してこいとは』

「……っ」

ざっと血の気が引く。

神経を直接撫でられたかのような不快感が、全身を駆け抜けた。

『温室育ちのか弱い蝶かと思っていたが、存外、図太いな』

複数人の声をでたらめに重ねたかのような不協和音。ラジオのノイズに似た音は夢の中で聞いたものと同じ。

けれど夢ではない。思考や感覚がハッキリしていて、眠っている時の曖昧さがなく、それ故により不気味で、より恐ろしい。

さっきより闇が濃くなった気がする。

空気も重苦しく、息苦しい。

足元から冷気と共に、得体の知れないものが這い上がってくる。

ざわざわとした感覚に、悲鳴を押し殺した。

「⁉」

後ろへ逃げようとして、異変に気付く。体が動かない。

恐怖で竦み上がっているとかではなく、自分の意思で体を動かせない。声も同じで、喉の奥で閊《つか》えている。

必死に口を動かそうとしても、乾いた空気が洩れるだけ。

『こんな脆弱《ぜいじゃく》な器では、小娘一人操る事も儘ならぬか』

私の自由を奪っておきながら、そんな事を言う。頭に響く声は、忌々《いまいま》しいと言いたげに舌打ちをした。

私の体が気に入らないなら出ていけと叫びたいのに、出来ない。悔しくて歯噛みしていると、体が勝手に動き出す。

ピアノ線に吊られた人形みたいに、私の意思を無視して立ち上がった。

『魔力はほぼ無く、ひ弱で腕力もない。そのくせ、折れない精神力だけはあるとは、厄介だな。使い道に困る』

どこか鷹揚《おうよう》な響きのある声が、溜息と共に吐き出す。

自分の体を他人に動かされるという感覚は、言いようのない恐ろしさがある。意識がはっきりしているからこそ、余計に怖い。心臓がバクバクと早鐘を打つ。

このまま窓を突き破って、飛び出されても私にはどうする事も出来ない。

他人に生殺与奪権《せいさつよだつ》を握られているという恐怖に、震えが止まらなかった。

ゆったりとした動きで、足が動く。

どこを目指しているのか、知らないのも怖いけど、知るのも怖い。

一歩、また一歩と足が動く。首を動かす事も儘ならない私の足元で、何かが蠢《うごめ》いた。

ひっ、と声にならない叫びが喉の奥で消える。

せめてもの抵抗に目を瞑った、その時。

ガラスが割れる派手な音が鳴り響いた。


「っ⁉」


反射的に開いた目に映ったのは飛び散るガラス片と、揺らめくカーテン。

そして室内に転がり込んでくる、大きな黒い影。

カーテンに遮られていた淡い月光が、室内を照らす。

飛び込んできた影は、ガラスの破片が散った絨毯に手をついて身を起こす。動くのに合わせて、暗色の外套がひらりと揺れた。

駆け出すと外套のフード部分が落ちて、癖のある黒髪が零れ落ちる。

カラス、と呼んだ声はやっぱり音にならなかった。

素早い動きで距離を詰めたカラスは、何かに向かってナイフを振り下ろす。しかし対象には掠りもせず、空気だけを切り裂いた。

カラスの動きに合わせるように、黒い塊が動く。

跳躍《ちょうやく》した塊を追って、カラスは何かを放る。カカッと連続した音が鳴り、壁に暗器が二本突き刺さった。

「っ……」

次の動作に移る前に、カラスは一瞬だけ動きを止める。膝をつきそうになるのを堪えたように見えたのは、気のせいか。

……ううん、違う。

以前に見たカラスの戦いは、目で追うのが難しいくらい速かった。

今の彼の動きは常人より俊敏《しゅんびん》だけど、カラスにしては鈍いと思えた。

それに、なんだか苦しそうだ。

息切れしているような呼吸音が、時々漏れ聞こえる。

『しぶといな。眠気に抗わず、さっさと気を失えばいいものを』

頭の中に響く声は、カラスを嘲笑うかのように吐き捨てる。

眠気……もしかして、私以外にも何らかの力が働いているの？

ガラスが割れた音は結構遠くまで響いただろうに、誰も駆けつけない理由もそれ？

「っぐ」

苦し気な声を洩らし、カラスはその場に崩れ落ちる。重力に圧《お》し潰されたかのように背を丸め、額に手を当てた。

酷く苦しそうな呻きが、薄い唇から零れ落ちる。

「……！」

もういいから逃げてと、そう声をかける事すら今の私には出来ない。

棒立ちするだけの自分が歯痒かった。

しかしカラスは、そのまま屈したりしなかった。

深く屈みこんだかと思うと、床に手をついてバネのように勢いよく駆け出す。黒い塊に向けて、何度もナイフを振り下ろした。

その攻撃の全てを黒い塊は避けている。

『しつこい』

うんざりしたような声で、何かは呟く。

「！」

すい、とまたしても私の足が、勝手に動く。

私の意思を無視して走り出した足に、上半身が戸惑っておかしな動きになった。下手くそな人形劇みたいにチグハグな動作のせいで、骨や筋が痛みを訴えている。

悲鳴さえも出せない私は、誰かに操られる形でカラスの前に躍《おど》り出た。驚愕に目を見開くカラスを見つめたまま、黒い塊を庇うように抱き寄せる。

私の顔に突き刺さる寸前で、カラスのナイフは止まった。

息を乱したカラスは、その場に膝をつく。からん、と手の中のナイフが床に落ちた。

『使い道に困っていたが、良い盾になりそうだな』

頭に声が響くのと同時に、腕の中の塊が身動ぎをする。

得体の知れない何かを抱きかかえている筈なのに、とても手に馴染む感触だった。ふわふわの毛並みは、私が深く愛している彼と同じもので。

確かめるのが恐ろしいのに、勝手に視線が吸い寄せられる。

艶のある黒い毛並みに、小さな体。宝石を思わせる青い瞳は、今はグレーに近い暗さになってしまっているけれど……見間違えるはずもなく。

私の、かわいい、かわいい、大切な子。

「ねろ……っ！」

その時だけ声が出せるなんて、とんでもなく悪趣味だ。

罵倒してやりたいのに、声が詰まる。

苦しさに歪む私の顔を見上げた丸い瞳が、三日月形に細められる。

表情筋が少ないはずの猫が、にやりと厭《いや》らしく笑った。

『やはり絶望は心地よい』

ネロ、ネロ、ネロ。

私の大切な子。

そう、大切な子なのに。それは間違いないのに。

その器に宿る魂が挿げ替えられてしまった事に、私は気付けなかった。

ううん……疑問は持っていたのに、ずっと目を逸らし続けていた。偽物の平穏にしがみ付いて、大切な愛猫の異変を見ないふりしていた。
いつからだなんて、考えるまでもない。
石が割れたあの日。
私を守るように、小さな体で襲撃者に立ち向かってくれたあの時に、貴方は——。
「……っ」
泣きたくなんてないのに、視界が滲む。
目の奥が熱くなって、息が詰まった。
やだ、やだよ、ネロ。
そんなのやだよ。こんなお別れなんて、絶対にいやだ。
ぼたぼたと、大粒の涙が黒猫の顔に降り注ぐ。
黒猫は雫に濡れながら、不思議そうに私を見つめた。
『たかだか猫一匹の為に泣くのか。理解出来んな』
私にとってのネロは、たかだかなんて言葉で表していい存在じゃない。
そう言い返したくても、言葉に出来なかった。
悲しみと罪悪感に、圧し潰されてしまいそう。
私を観察するように眺めていた黒猫は、目を眇めて首を傾げる。
『動物でそれならば、親しい人間を失ったら、どれ程絶望する？』
「っ……」

しゃくり上げていた私は、頭に響いた声に凍り付いた。

涙の衝動を逃がそうと繰り返していた浅い呼吸は、ひゅっと乾いた音を立てて止まる。

一つの絶望に囚われる事すら、許されないらしい。

カラスが取り落としたナイフに、手が伸びる。

必死に抵抗しようとしても、体は言うことを聞いてくれない。指先がナイフの柄に触れ、ゆっくりと拾い上げる。

カラスは蹲ったまま、苦しげに呼吸を繰り返していた。意識を保っているだけで限界なんだろう。

俯いている事で晒された首筋にナイフを振り下ろせば、ひ弱な私の力でも命を奪えてしまう。

ナイフをカラスに振り下ろす光景を想像してゾッとした。指先が遅れて、カタカタと大きく震えだす。

それなのに私の右手はナイフを取り落とさず、切っ先をカラスへと向けた。

いやだ……絶対に、嫌だ……!!

『……いや、コレではつまらんな』

ふと、何かを思いついたような声がした。

そして何故か、カラスに向けていたナイフがあっさり下ろされる。

『まだ壊すには早い』

状況が上手く呑み込めていない私を置き去りに、黒猫は独り言を零す。カラスには興味を失くしたのか、私の体は彼に背を向けるように歩き出した。

片手に黒猫、片手にナイフを持ったまま、扉へと向かう。

何処に行くのかと考えると不安だったけれど、一方でカラスから離れられる事に安心もしていた。

体で押すように扉を開ける。

廊下には護衛の騎士が二人、倒れていた。外傷はなさそうなので、たぶん眠っているんだろう。

今日の見張りが、クラウスでなくて良かったと少しだけ思ってしまった。

彼がもしこの場にいて眠ってしまっていたとしたら、後で自害しかねない。

城内は、不気味な程に静まり返っていた。

何人が、この異変に気付いてくれているのだろう。カラス以外にも意識を保てている人はいるのかな。

そもそも夜だから、もとより起きている人は少ない筈。

ペタペタと間抜けな足音を立てながら、廊下を進む。

大理石の床は冷え切っていて、裸足《はだし》の私からどんどん体温を奪った。

部屋着も薄手なので、防寒機能は殆ど期待出来ない。そういえばショールも、結局取れなかった。

腕の中の毛玉だけが、温もりを伝えてくれる。

あったかい。それなのに、中身は私の大切な子ではないなんて。

質《たち》の悪い冗談みたいだ。

「……っ」

じわりとまた涙が滲みそうになったのを、なんとか堪える。

泣いている場合じゃない。これ以上、誰も傷付かないようにする事の方が重要。哀しむのも悔いるのも後回しだ。

そう必死に自分に言い聞かせるけれど、哀しみは消えてくれない。

そんな私の耳に、背後から物音が届いた。

「……？」

自分の意思で振り返れないので、音の正体を探れない。

遠くの方から聞こえてくる音は、決して大きいものではなかった。城内がこれ程静かでなければ聞き逃してしまう程度のもの。

何かを引き摺る音……否、摺り足で歩いているような？

音に気付いたのか、黒猫は私の腕の中から伸び上がった。

肩に前足を掛けて、背後を覗き込む。

視界の端に映る黒い耳が、軽く揺れた。

『……なんだ、アレは』

暫しの沈黙の後、呆れたような声が頭の中に響く。

なんだと言われても、私は振り返れないから確認の仕様がない。

得体の知れない存在が、訝しむものが何なのかは気になるけれど。

そんな風に思っていたら、私の体がくるりと回れ右をした。

急に視界が変わって戸惑う私の前には、城の廊下が広がる。

等間隔に配置された灯りでぼんやりとオレンジ色に照らされているけれど、足元は暗い。おぼろげな闇には、何かが潜んでいそうな不気味さがあった。

遠くにうすぼんやりと見えるのは、私の部屋の前に倒れていた騎士達の体だろうか。

目を凝らしてじっと見つめていると、床の上にいる何かが、ずるりと動いた。

「……!?」


ひゅっと息を短く吸い込む。声が出せていたのなら、きっと悲鳴をあげていた。

真っ暗な床の上を、何かがずるり、ずるりと這う。

安っぽいホラー映画のワンシーンみたいな状況に、背筋が凍り付いた。

逃げ出したいのに、相変わらず足は動かない。

訳の分からないものが近づいてくるのを見つめているのが怖くて、せめてもの抵抗に、ぎゅっと目を瞑った。

「……り、さま……っ」

「…………？」

掠れた小さな声が聞こえた気がした。

しかも、とても聞き馴染みのある声だったような。

恐る恐る、目を開く。

薄暗い廊下の床に、這いずる何かに焦点を合わせた。

「…………」

無言で立ち尽くす私の唇が、驚きにぱかりと開く。

廊下に這いつくばっていたのは、得体の知れない化け物ではなかった。学校の怪談で語られる怪異でもなかった。

短く切り揃えられた焦げ茶色の髪と、目尻の下がった翠の瞳。細身ながらしっかりと鍛えられた体躯を包むのは、普段身に纏う近衛の制服ではなく、白いシャツと黒いトラウザーズというシンプルなもの。

左手には鞘付きの剣を握っている。

爽やかな笑顔が似合うと女性に人気の護衛騎士は、必死な形相でこちらへと向かってきていた。

……匍匐《ほふく》前進みたいな恰好で、だ。

状況も忘れて、ぽかんとしてしまった。

だってテケ○ケだと思ったらクラウスだったたって、そんなの理解が追い付かない。

感動するシーンなのかもしれないけれど、絵面《えづら》がショッキング過ぎる。

「ローゼ、マリーさま……！　今、お助けいたしますっ」

床を這っていたクラウスは、腕を突き、身を起こそうとする。

けれど体が上手く動かないのか、生まれたての仔馬みたいな不安定な様子だった。

クラウスって脳き……じゃなくて物理タイプだから、魔法耐性低そうだよね。単なるイメージだけど。でもあながちハズレでもない気がする。

たぶん今も、相当辛いんじゃないかな。

『無様だな』

嘲るような声で黒猫は嗤う。

確かに恰好悪い。でも、同時に凄く恰好良いとも思う。

なんかクラウスらしいから、私も、少しだけ元気がでた。

負けるもんかって、ちょっと思えたんだ。

クラウスは一歩進んだかと思うと、すぐにべしゃりと床に崩れ落ちた。

私の体はクラウスが近づくのを待たず、踵を返して再び歩き出す。距離はあっという間に離れていった。

何度も私を呼ぶクラウスの声を背後に感じながら、私は心の中で語り掛ける。

大丈夫。私は諦めたりしないから。

冷たい廊下をひたすらに進む。

後ろから聞こえていたクラウスの呼びかけは、どんどん遠くなって、ついに聞こえなくなった。

何処に向かっているんだろうと考えながら、視線だけを巡らせる。

馴染み深い通路を通りながら、ふと、嫌な予感がした。

いつまで経っても見慣れた景色である事に、逆に不安が増した。

王城で生まれ育ったとはいえ、私は行動範囲が限られている。

未だ立ち入った事のない場所も多い。それなのに、見慣れている。つまり、日常の私の行動範囲の中に目的地があるとしたら。

考え過ぎだと現実逃避しそうになる私を嘲笑うかのように、通い慣れた通路……自室から、温室へ続くルートを歩き続ける。

温室に向かうというのはすなわち、魔導師の居住区があるエリアに向かうという事と同義。

まさか……。

ルッツとテオ、そしてミハイルとイリーネ様の顔が脳裏に浮かぶ。

続いて古い文献の内容と、乙女ゲーム『裏側の世界へようこそ』の設定が思い出される。

魔王は、力のない器……ネロの体に不満を持っている口ぶりだった。

もしかして魔力量の多い、魔導師の体を狙っているのだろうか。

そこまで考えて、ゾッとした。

友人達の体を乗っ取られるのも嫌だし、魔導師の器を魔王が手に入れるのも駄目だ。

魔力の量が多いとは思えないネロの体でも、現状、恐ろしい力を持っているのに。

当代の魔導師達は近年まれにみる逸材揃いだと言われている。

そんな体を手に入れたとしたら……。

「……っ」

落ち着けと何度も自分に言い聞かせた。焦っても、良い事なんて一つもない。

そもそも、魔王が器を簡単に取り換えられるとも思えないし。制約無しで器を換えられるなら、とっくの昔に世界は滅びているだろう。

でも、じゃあ何の目的で、何処に行こうとしているの？

混乱している間にも足は進み、ついに魔導師らのいる棟へと足を踏み入れた。立ち入りにも制限がかけられているので、見張りの騎士の姿がある。ただし、私の部屋番の彼らと同じく眠ってしまっているが。

壁に寄り掛かる形で眠っている騎士の横を抜け、どんどん奥へと向かう。途中で、私が毎日のように通っていた温室とは違う方角へと曲がった。

その先にあるのは魔導師の居住区と研究室。

あとは、神子姫……花音ちゃんを地球へ帰す為の魔法陣。

どれが目的であっても、楽観的な想像は出来ない。

どうしよう、どうしたらいい。

打開策を考えようとしても何も思い浮かばず、焦燥感だけが増していく。

まず、体が思い通りにならない事には話にならない。

指先に力を込めてみても、強張ったままだ。呼吸は出来るし、視線は動かせるけれど、それだけ。声さえも出ない。

……ううん。そういえばさっき、少しだけ声が出せた。

ネロの名前を、一回だけ呼べた。どうしてだろう。悪趣味だからだと決めつけていたけど、そうじゃないかも。

私の気合い、な訳ないよね。

そうなると、魔王側に力の緩みがあった？

斬りかかるカラスから身を護る盾として、私を引き寄せた後だった。

おそらく城全体に眠りの魔法をかけて、私の体を操って、カラスに膝をつかせる程に、更に力を使って。今考えると、随分と小器用に色んな事を熟《こな》せるなあって思うけど。

もしかして、それで精いっぱい？

これ以上どこかに力を割くと、どこかが疎《おろそ》かになる？

この想像が正解ならば、きっと隙が生まれる時が来る。

その瞬間を見逃さないようにしないと。

「………？」

密かにそんな決意をしていた私の視界の端、腕の中の黒猫の耳が揺れた。

私の心の声が聞こえたのかと思ってヒヤリとしたが、黒猫は私の事は気にも留めていない様子。

ピンと横に伏せた耳は、遠くの音を拾おうとする警戒中の猫の仕草に似ていた。

足元を冷気が這う。夜の寒さに晒されて十分冷えていた足を、刺すような冷気が包み込む。痛いというよりは熱いと感じた瞬間、体が勝手に動いた。

どんくさい筈の私の体が、ひょいと何かを避けるみたいに後方に跳ぶ。さっきまでいた場所を見ると、足元の冷気がそのまま凍り付いたような形の氷の塊があった。

「姫、ごめん！」

聞き慣れた声に驚く間もなく、体が動く。

私の足跡を辿るように足元の冷気もついてきた。うんと濃い霧のようなものが瞬時に固まり、私の通った場所を凍り付かせていく。

しかし体は、私の意思で動かすよりも軽快な動きで全ての攻撃を避けきってみせた。

「くそっ！」

廊下の角から現れたのはルッツだった。

舌打ちした彼は眉間に深く皺を刻み、こちらを睥睨《へいげい》する。

僅かに遅れて、あの氷の塊の正体がルッツの魔法なのだと気付いた。試行錯誤しながらアイスクリームを作った時とは違う。敵を打ち倒す為の術としての魔法。それが自分に向けられている事に少なからず動揺した。

親しい友に敵認定された事に、心がダメージを負っている。

でも、打ちひしがれている場合じゃない。そもそも、私が憎くてやっているのではないと、ルッツの苦しそうな表情を見れば分かる。

魔法の威力も必要最低限。足止め以上の意味はないのだろう。

『魔導師か。自ら向かってくるとは、随分と迂闊《うかつ》だな』

不協和音が頭に響く。どうやらルッツにも聞こえているようで、同じタイミングで彼は不愉快そうに眉を顰めた。

目をすっと眇め、ルッツは低く唸る。

「うるさいよ、化け物」

私の目を見据えながら、ルッツは吐き捨てる。

目が合う事に疑問を覚えたのは数秒。勘違いされていると気付き、私は蒼褪める心境だった。

ルッツは、私の中に魔王がいると思っている。

そりゃそうだ。

裸足でうつろな目をしてうろうろしていたら、誰だってコイツやばいと思うだろう。それに魔王が人間以外を器として選ぶという事は想定されていない。少なくとも文献には書かれていなかった。

まずい。どうしよう。

どうにかして、伝えなきゃ。

「そのひとはオレの大切な人だ。返してもらうよ」

ルッツの言葉を嘲笑うように、喉を鳴らす音がした。

『どうやって取り戻す気だ？　簡単には止まらぬぞ』

ここを刺し貫けば止まるかもな、とナイフを握った私の右手が、心臓の辺りを軽く叩く。その動作を見た瞬間、ルッツの纏う空気がガラリと変わった。普段は静謐《せいひつ》な夜空のような藍色の瞳が、怒りを内包して銀色に輝く。薄い唇が、「ぶっころす」と音もなく綴った。

ルッツが前方に両手を突き出すと、私を四方から取り囲む形で足元から霧が忍び寄ってきた。

パキパキと音を立てながら端から凍り付いていく。私の足に辿り着く直前に跳躍すると、ルッツは動きを読んでいたのか、氷の軌道をすぐさま変えた。逆さになった氷柱《つらら》のような形の氷が、足元に築かれる。

けれどその氷柱も私の足を捕らえる事は出来なかった。凍りかけの氷柱を蹴って、跳び退《すさ》る。

自分の体とは思えない軽快な動きに驚いた。さっきまでよりも滑らかに体が動く。そこまで考えて、ふと思いついた。

これだけ色々としているのなら、もしかして、今なら声が出る？

「っ、る、……！」

ルッツ、と呼ぼうとした声は途切れた。

魔法の制限を受けてではない。もっと物理的な妨害を受けた。

腹部に後ろから、負荷がかかる。タックルをするように、背後から伸びてきた手にきつく抱き着かれた。

「つかまえたっ！」

そう叫んだのは、可愛らしい女の子の声だった。見ると腹部に巻き付いている手も、ほっそりとした少女のもので。

まさか……花音ちゃん⁉

姿を確認したくても、声以外の自由がない私には振り返る事も出来ない。

「マリー様の中から出てってて……‼」

『邪魔なのが増えた』と舌打ちと共に頭に響いて、ナイフを握ったままの右手がピクリと動いた。

「花音ちゃん、逃げてっ！」

体ごと振り返った私の視線とかち合った榛色の瞳が、丸く見開かれた。

止めようとする私の意思なんて微塵も関係ないとばかりに、ナイフを握った手が振り上げられる。

驚き顔で固まる花音ちゃんは、避ける事も出来ずにいた。

彼女の柔らかな体をナイフが切り裂く想像が頭に浮かび、思わず目を瞑る。

けれどいつまで経っても、生々しい感触を感じる事はなかった。

「……？」

恐る恐る、目を開ける。

真っ先に目に入ったのは、私の大好きな夜空色の瞳。「姫君」と、低い声が私の鼓膜を震わせる。

「……っ」

花音ちゃんの背後から手を伸ばして、ナイフを掴んで止めてくれたのは、レオンハルト様だった。

来てくれた。止めてくれた。

全身の力が抜けそうな程の安堵感に、気を抜けば泣いてしまいそうだ。

「フヅキ殿、下がって」

「へ？　……っうきゃ⁉」

レオンハルト様は私と目を合わせたまま、花音ちゃんの襟首を掴む。放り投げるまではいかないものの、やや強引に自分の背後へと下がらせる。

目を白黒させていた花音ちゃんは、小さな悲鳴をあげながら蹈鞴《たたら》を踏んだ。

緊急事態だから仕様がないとはいえ、もうちょっと丁寧に扱ってあげてほしいと場違いにもハラハラしてしまった。

駆け寄ってきたルッツが、転びそうな花音ちゃんを慌てて支えている。

レオンハルト様が花音ちゃんに気を取られている隙に、私の手はナイフを引き抜く。うまい具合に彼は手を引いたのか、怪我をさせずに済んだ。

私の体は、レオンハルト様から距離を取るように数歩、後退る。

切っ先を彼に向け、ナイフを握り直した。

対峙するレオンハルト様は、クラウスと同様に騎士服ではなく、グレーのシャツと黒のトラウザーズという姿。髪は乱れ、シャツのボタンも半分ほどしか留められてなくて、慌てて駆けつけてくれたのだろうという事が分かる。

「……？」

ふと、目の端に映った色に意識が向く。

シャツが濃い色だから、すぐには気付かなかったけれど、袖口の辺りに赤黒いシミがついていた。

さっき私が傷付けてしまったのかと蒼褪める。傷の有無を確認する為にレオンハルト様の手へと視線を向けた私は、目を見開く。

「つ、め……が」

私の呟きを拾ったレオンハルト様は、一拍遅れで言葉の意味を飲み込んだように、少し眉を下げて困り顔になった。

恰好悪いところを見られてしまったと言いたげな彼の左手は、親指の爪が無い。剥がれた爪の跡は生々しく、乾いた血がこびりついている。

よく見ると顔色は酷く、足元も少し危うい。

もしかしてクラウス達のように眠りの魔法が効いているのかと考えて、思い当たる。

「自分で……？」

クラウスが立ち上がれない程の、カラスが膝を突く程の魔法。城の殆どの人間が、抗えずに眠りについていているソレを、どうやって撥《は》ね除《の》けたのか。

おそらく魔法に耐性のあるルッツや、色々と規格外の花音ちゃんとは違う。物理的な力では、抗うのはきっと難しい。

眠りに落ちそうな意識を食い止めるには、強い精神力と、それから強い刺激。

そう、例えるなら、眠れないほどの激痛とか。

「大した事ではありません」

「っ、そんなわけ……っ」

さらりと告げられた言葉に声が詰まる。

自分で生爪《なまづめ》を剥ぐ事が、簡単な訳ない。それなのにレオンハルト様は「あと十九枚もありますし」と訳が分からない事を言う。そうじゃない。そうじゃないよ。私が好きになった人は、こんなに話が通じない人だっただろうか。

混乱する私を置き去りに、淡々と話していたレオンハルト様は腰のベルトに吊り下がった剣に手を掛けた。

金具を外して、ベルトから鞘ごと剣を取り外す。ぐるぐると紐《ひも》を巻き付けて、柄と鞘が離れないように固定する。

具合を確かめるように、軽く剣を振った。

ゆっくりと瞬きをしたレオンハルト様は、真っ直ぐに私を見る。

「貴方を失う事に比べたら、こんなの蚊に刺されたのと変わらない」

「……っ！」

唐突な告白に一瞬、呼吸が止まる。

レオンハルト様は剣の先を、私の腕の中へと向ける。私の心臓……ではなく、鋭い目で彼を睨む黒猫へと。

気付いてくれた？

私はまだ、何も伝えられていないのに。

『……気に食わん』

「気が合うな、オレもだ」

唸るみたいに低く頭に響いた声の後、レオンハルト様も獰猛な声で返した。

「返してもらうぞ」

レオンハルト様はその言葉を発すると同時に踏み込む。

睡眠魔法というデバフをかけられているとは思えない、俊敏な動きだった。

一瞬で私との距離を詰めたレオンハルト様は、鞘付きの剣で黒猫を突く。あと数センチで届くというところで、私は彼の剣撃をナイフで弾いた。

「っぐ」

衝撃と共に手が痺れる。

かなり手加減されているだろうに、指先の感覚がたった一撃でなくなった。ナイフを取り落とさないのが、不思議なくらいだ。

しかし容赦なく、次の攻撃が繰り出される。今度は真正面から受け止めるのではなく、いなすように躱《かわ》す。

私のひ弱な体では、どんなに強化されても力で押し負ける。

それを理解している魔王は、私の体を後退させた。

けれどレオンハルト様は、予測していたらしく、足を引っかけるように突き出された。それをどうにか避けて、体勢を整える。

舌打ちが頭の中に響く。

『大人しく眠れ』

苛立たしげな声がして、レオンハルト様の体が大きく揺れる。

カラスと同じ。見えない何かに押さえ付けられているように、体が前のめりに傾《かし》いだ。

しかし彼は、そのまま倒れはしなかった。踏ん張るように足を強く踏み締める。

大きく口を開いたレオンハルト様は、左手の人差し指の爪を噛んだ。勢いをつけて首を振ると、べきりと生々しい音が響く。

「…………」

あまりの光景に呆然と立ち尽くす。

肩で息をするレオンハルト様は、剥いだばかりの爪を吐き出す。白い欠片は軽い音を立てて、廊下の隅に転がった。

「やなこった」

は、と息を洩らすように喉の奥で笑って、レオンハルト様は口角を吊り上げる。苦しそうなのに、その瞳はギラギラと好戦的に輝いていた。

レオンハルト様の左手の指先から、血が伝い落ちる。

ぽたりと床に滴る様子に血の気が引いた。

傷口があまりにも痛々しくて、目を背けたくなった。でも。それは駄目。

あの傷は私の為に負ったもの。

彼が感じている痛みも苦しみも、私のせい。なら、私が目を逸らしてどうする。

唇をきつく噛み、遠のきそうになった意識を引き戻す。

「……？」

唇の痛みを感じながら、ふと思いついて指先に力を込めてみる。相変わらず自由にはならないけれど、微かに動いた。

軽い動きなら出来るようになっている。そうか、レオンハルト様に割いた力の分、私への支配に綻《ほころ》びが出来たのかも。

たったこれだけの自由では、逃げるのは無理だ。

でも、何か出来るかもしれない。チャンスを逃さないように集中しよう。

ぐっと腹に力を入れて、しっかり両足で立った。

『……貴様は、ここで潰しておいた方が良さそうだな』

頭に響く声が、一段階低くなった気がした。

込められたのは殺気か、威圧か。向けられた訳でもない私の背筋が寒くなる。しかしレオンハルト様は微塵も怯む事はなかった。

「やってみろ」

レオンハルト様はそう言って、挑発的な笑みを浮かべる。

剣の柄を持つ右手に血に汚れた左手を添えた。

床を蹴って、私の前へと躍り出る。

袈裟懸《けさが》けに振り下ろされた剣をナイフで弾く。痺れた私の手が止まっている間にも攻撃は続く。

横に薙《な》ぐような攻撃を、体を捻って躱す。

一旦後ろへ下がってから、今度は私から距離を詰める。

レオンハルト様の首に向かって突き出したナイフを、彼は最低限の動きで避けた。私は腕力の無さを手数で補うように、ナイフを幾度も振り下ろす。

首、目、心臓と致命傷となる場所を狙った攻撃は、全て空振り。苛立ったように黒猫が私の腕に爪を立てるのと同時に、レオンハルト様の体が揺らぐ。

またしても魔法の力を強めたのか。苦し気に顔を顰める彼の心臓目掛けて、ナイフを突き刺した。

「っ、く……っ！」

手に力を込めて、抵抗する。

たぶんコンマ何秒かの時間稼ぎにしかならなかったと思う。

それでもレオンハルト様には十分だったのか、隙間に滑り込ませた剣の鞘でナイフを防いでくれた。

無事だった事に安心出来たのは一瞬で、私の手はすぐに次の攻撃へと移る。

首筋を狙った刃が掠って、黒髪が一房散った。次は皮膚を掠めて一筋の傷を残す。少しずつ確実に当たるようになってしまった攻撃に蒼褪めた。

たぶんレオンハルト様の体には、相当な負荷《ふか》がかかっている。

長引かせては駄目だ。

でも、どうしたらいいんだろう。私が自分の体を動かせるのは、ほんの少しだけ。

ナイフを放したいけど出来ない。

手や足は攻撃に直結するからか、そこまで自由が利かない。一瞬だけ動きを止めるので精一杯だ。

目や口は動かせるから喋れるけれど、今の状況を言葉で打開出来るとは思えないし。

レオンハルト様のように、痛みで少しは自由が利くようになるのかな。

さっき唇を噛んだけれど、いまいち実感は薄かった。もっと強い痛みって事……？

唇に舌を当てたところで、思いついた。

唇では痛みが足りないなら舌は？

「っ……」

考えただけで体が竦む。

痛いのはいや。弱っちい私は、辛いのも怖いのも痛いのも嫌いだ。ちょっと噛むだけって思っても、怖い。

でも、レオンハルト様が。

私が怖気づいている間に、レオンハルト様に小さな傷が増えた。

爪を二枚も剥いで、切り傷だらけになって。それなのにまだ、私の為に戦ってくれている。

後退したレオンハルト様は、肩で息をしていた。じっと見ている私の視線に気付いたのか、目が合う。

「！」

今が戦いのさなかである事も忘れるくらい、レオンハルト様は優しく笑った。

私を安心させる為であろうそれには、痛みや苦しみは微塵も混ざってなくて。ただ、ただ私への労《いたわ》りが込められている。

それを見て、心が決まった。

自分を傷付ける覚悟が決まったんじゃない。逆だ。レオンハルト様が必死に守ろうとしてくれている私を、私自身が傷付けてどうする。

ネガティブな気持ちが引っ込んだら、少しだけまともに頭が働くようになった。

そもそも眠りの魔法と、体を支配する魔法の解除方法が同じとは限らないし。痛い思いして効果なしだったら馬鹿馬鹿しいもんね。

もっと建設的な事を考えよう。

ふんす、と意気込む。

さっきみたいに、手を一瞬だけ止めるタイミングを計るのはどうだろう。レオンハルト様が打ち込んできたのに合わせたら、ナイフを取り落とせないかな。

もしくは足に力を込めて、攻撃のタイミングをずらすとか。

でもそれじゃ、逆にレオンハルト様の邪魔をしてしまうかも。運動神経に致命的な欠陥がある私では、彼の動きに合わせるのは難しい。

悶々《もんもん》と考えている間にも、戦いは続く。

レオンハルト様が振り下ろした剣を避ける為に後方へ跳ぶ。その瞬間、頭に閃《ひらめ》いた。

ここだ！

ひらりと優雅に跳ぶ足に、余計な力を込める。

バランスを崩した体が、大きく揺れた。

運動神経がないなら、それを利用してやる。

任せて！　転ぶのは大得意だから！

「っわわっ！」

しかし残念ながら、体勢を崩しただけで転ぶ事はなかった。腕の中から滑り落ちかけた黒猫は、前足の爪を引っかけて、肩へと昇る。

駄目ならもう一回だと意気込む私の耳に、ひゅっと、空気を裂く音が届いた。

『つぐ』

頭に苦し気な声が響く。

私の肩に上った黒猫の首輪に、レオンハルト様は剣の先を滑り込ませるように引っかけて持ち上げた。

「フヅキ殿!!」

「っふぇ!?」

レオンハルト様の鋭い声に、花音ちゃんの戸惑ったような声が続く。

「受け取れ！」

黒猫の体が、空中に投げ出される。

「えええっ!?」

戦いの巻き添えを食わないように端に避けていた花音ちゃんは、慌てて駆け出した。

掌を上へと向けて両手を前方に突き出したまま、花音ちゃんは落下地点を目指す。

危なっかしい足取りと、漫画ならぐるぐる目になっていそうな混乱しきった表情を見て悟ってしまった。

花音ちゃんも運動音痴だ、コレ。

ハラハラと見守る事しか出来ない私の前で、花音ちゃんは黒猫に手を伸ばす。

「ふぎゃっ⁉」

しかし黒猫の体は花音ちゃんの腕の中には納まらず、顔面にぶつかるように着地した。そのまま彼女の額を蹴って、逃れようとする。

「そうはいくか‼」

鋭い叫びと共に手を伸ばしたのはルッツだった。

彼が掴んだ黒猫の後ろ足が氷に包まれる。バランスを崩した黒猫を、花音ちゃんへと押し付けるように渡した。

花音ちゃんは今度こそ逃がしてたまるかと言うように、両腕で黒猫の体を強く抱きしめる。

黒猫の口から悲鳴じみた甲高い鳴き声が洩れた。

『止《や》めろ！　離せ‼』

脳内に響く声にも、焦りが滲んでいる。

どうやら花音ちゃんの能力は、ちゃんと効いているようだ。

「離しませんっ！」

藻掻《もが》いて腕を抜け出そうとする黒猫を、花音ちゃんは逃がすまいと抱え込む。そしてルッツはそんな彼女を魔法でフォローしていた。

前足同士を魔法の氷でくっつけて、動きを上手い事封じ込めている。

『ぐっ……！』

苦し気な呻き声が聞こえたかと思うと、私の方を黒猫が睨む。

棒立ちしていた私の足が、また勝手に動き出した。ただし今までとは比べ物にならないくらい、その動きは鈍い。

だから、花音ちゃんに捕らえられた黒猫の許に辿り着く前に、私自身が捕まってしまうのも当然だった。

レオンハルト様は私の手からナイフを落とし、靴底で踏む。そして片手で私の両手を一纏めに拘束した。

『クソッ……、力が抜ける……っ！』

黒猫の周囲がキラキラと輝いているのは、花音ちゃんの能力なのか。それとも、魔王の魂の欠片なのか。

どちらにせよ、魔王の力は確実に削がれている。だんだんと自由が利くようになってきた体が、それを証明していた。

『離せ！』

「痛っ……‼」

前足の動きを封じられている黒猫は、抱き締めている花音ちゃんの腕に服の上から噛み付いた。花音ちゃんは顔を顰めて小さな悲鳴を零す。赤いシミが、じわりと服に小さく円を描いた。痛々しい様に、私の方が辛くなってくる。

「花音ちゃ、」

「はな、しませんっ！」

衝動で呼びかけた声に、花音ちゃんの気丈な声が被さった。

涙目になりながらも花音ちゃんは、黒猫を離さなかった。寧ろ前のめりになって、体全体で囲い込むように抱き締める。

「マリー様は、命がけで私を助けてくれた！　だから今度は、私の番なの！」

「……っ」

必死な叫びに、声が詰まる。

まさか、そんな事を考えてくれていたなんて。

怖いだろうに、痛いだろうに。逃げずに踏み止《とど》まってくれている健気さに、泣きそうになった。

徐々に弱っているように見える黒猫は、鈍色《にびいろ》の目で私を睨め付ける。

『どいつもこいつも固執しおって……。この女にどれだけの価値がある？』

真っ直ぐに突き刺さる眼差しに込められているのは、憎しみだけではないように感じた。もっと複雑で、色んな感情が混ざり合っている。

何も言えずに見つめ返す事しか出来ない私の肩を、レオンハルト様は抱き寄せた。見上げると、切れ長な夜色の目には、怒りの感情が浮かんでいる。

「オレにとっては世界よりも重い」

「わ、私にとってもです！」

一瞬呆けた後に慌てて言った花音ちゃんに続き、ルッツは少し照れた顔で「オレ達にとってもだよ」と、小さな声で言った。

「お前の方こそ何故、姫君に固執する？」

レオンハルト様の問いかけに、黒猫の耳が揺れる。

「そうだよね。魔導師であるオレを素通りしてたし」

ルッツは苦々しい表情でそう言った。

ルッツが魔王に近づくのは危ないのではと思っていたけれど、もしかして、別室に罠が仕掛けられていたのだろうか。

相棒であるテオの姿がないのも不思議だったし。

テオだけでなくイリーネ様やミハイルも、そっちに掛かり切りなのかもしれない。

『餌に食いついた途端に、封印されるのは御免だからな……』

黒猫は吐き捨てるように呟く。力ない声だった。

なら、いったい何がしたかったんだろう。

てっきり魔導師の器を狙っているんだと思っていたのに、違うというなら目的はなに？

魔導師の居住区や研究室、専門書がある書庫。その他には温室と、花音ちゃんを召喚した魔法陣くらいしかない場所なのに。

『つぐ、あぁああ……！』

黒猫の辛そうな呻きが聞こえて、私は我に返る。

考え事している場合じゃない。

黒猫は息も絶え絶えな様子で、それでもギラギラと輝く目で私を睨む。

何がそんなに憎いのか。私なのか、それとも私を通した先にあるものを見ているのか分からないけれど、焦げ付くような視線だ。

『こんな場所で、消えるのか。こんな無様な消え方が、オレの最期《さいご》か……！』

慟哭《どうこく》するような叫びだった。

黒猫の目に涙はなくとも、血涙《けつるい》を流すが如き声は怨嗟に満ちている。

苦しみ、のたうち回っている姿を見るのは辛い。ネロが苦しんでいるのではないと頭では分かっていても、見ていられない。

「もう、休んで」

気付けば、口から零れ落ちていた。

『っ……!?』

じっと見つめる私を、黒猫は凝視する。

まるで理解不能な生き物を見つめるような目だ。しかし丸い瞳は、すぐに鋭い眼差しに戻る。

「ボロボロで見ていられない」

『黙れ……！　何も知らない小娘が、知ったような口を利くな！』

黒猫が牙を剥く。

脳内の声と共に、威嚇《いかく》するような鳴き声が耳に直に響いた。

逆鱗に触れたと表現する他ない程、激しい怒り。

それなのに、恐ろしいと感じないのは何故なのか。

力が弱っているからか。それとも、魔王の怒る様子が、虚勢を張る子供のようだったからか。

弱っていく黒猫を、じっと静かに見守り続ける。

噛み付くような叫びは徐々に勢いを削がれていった。

『止《や》めろ、オレをそんな目で見るな……！　オレを見るな!!』

花音ちゃんの腕の中で、黒猫は一際大きな叫び声をあげた。

キラキラと輝く光が弾けて、ネロの体から黒い靄《もや》のようなものが立ち上る。

黒い靄は、花音ちゃんの頭上でどんどん削れて、小さくなっていく。

しかし消える直前、最後の力を振り絞ったかのように、私の方へと凄い勢いで向かってきた。

「姫君っ!!」

レオンハルト様は私を背に庇い、剣を振り下ろす。

正確に中心を貫かれた靄は、ぶわりと霧散した。

きらきら、きらきらと小さな輝きが空中に溶けて消えていく。

それを見届けてすぐに、緊張の糸が切れたのか、全身から力が抜ける。

「ひめっ、ローゼマリー様っ‼」

レオンハルト様の慌てた声を最後に、意識がぷつりと途切れた。

転生王女の夢語《ゆめがたり》。

気が付くと、薄暗い場所に立っていた。

あれ……？

私、どうしたんだっけ。

記憶が曖昧で、思い出せない。

ふわふわと意識も足元も覚束ない状態で、周囲を見回す。四方に広がっているのは、ぼんやりした闇。果てなく続いているような空間の真ん中で私は、ここはどこだろうと途方に暮れた。

ただ、不思議と恐怖心はない。

ここで立ち尽くしているよりはマシだろうと判断して、私は歩き始めた。

ぺたぺたと裸足で進む。といっても目標物も目的地もないので、本当に前に進んでいるのか確かめる術《すべ》もない。

どれだけ歩いても、景色は一向に変わらない。

ぐるぐると同じ場所を回っているだけの可能性もあるのでは……？

少しばかり不安になった頃、ふと何か小さな音が聞こえた。

「……？」

耳を澄まして、音のする方へと向かう。

距離も正確な方角も分からないけれど、たぶん近づいている。

虫の音《ね》、葉擦《はず》れの音さえしない静寂の中でも聞き漏らしてしまいそうな小さな音が、少しだけ拾いやすくなった気がしたから。

音は形容しがたいものだった。

粘性《ねんせい》のある液体を零したような、泥濘《ぬかるみ》に足を取られたような。多くの人間は不快に感じるであろうソレを、忌避《きひ》するのではなく探している自分が不思議ではあった。

どれくらい歩いただろうか。

視界の端に、何かを見つけた。

『何か』と表現したソレは、近づいてみても正体が分からなかった。黒っぽい塊は、道の隅に放り出された片方だけの靴に見える。

けれど微妙に動いているので、靴の線は消えた。

「……？　……っ⁉」

距離を詰めて目を凝らした私は、ようやくソレの姿をちゃんと捉える。と同時に、息を詰めた。

驚きすぎて、悲鳴も出ない。

ソレはまるで泥の塊だった。

セット売りされている絵具を全色混ぜ合わせたかのような、黒でありながらも純粋な黒ではない色をしている。

輪郭は曖昧で、ぐねぐねと波打つように揺れていた。そして波打つ度に、塊が崩れて欠片がべちゃりと落ちる。

手足はもちろん、口や鼻、耳のような器官は見つけられない。

それなのに生き物だと判断したのは、動いていたからだけではない。二つ空いた洞《うろ》の奥底に、目のように光る何かがあったからだ。

ぞぞぞ、と背筋に冷たいものが走る。

な、なななななにこれ！　なにこれ⁉

訳の分からない生物と対峙しながら、私は固まる。混乱しきった頭の中で叫んでみても、誰も答えてくれるはずはなく。

凝視したまま、じりじりと後退する事しか出来なかった。

回れ右して走って逃げなかったのは、前世のテレビ番組の中で見た、クマと遭遇した時の対処法が何故か思い浮かんだからだ。

クマじゃないけど。似ても似つかないけど。

「……？」

しかし、いつまで経ってもソレは、私に襲い掛かってくる様子はなかった。蠢くだけで、その場から動こうともしない。

何のリアクションもなく、私を認識しているのかも怪しい。

もしかして、害はない……?

恐る恐る一歩近づき、観察してみる。

プルプルと揺れる輪郭を見ていると、何かを思い出しそうだ。

どこかで見た何かに近いような、そうでもないような。

「……あ!」

唸って考え込んでいた私は、ふと頭に閃いた映像にポンと手を打つ。

はぐれメ○ルだ! もしくはバブル○ライム!

それの実写版みたいな。

自分で思いついておいて、とても微妙な気持ちになった。

あの可愛らしいキャラクターを実写化したら、こんなクリーチャーになるとか嫌すぎる。

某有名ゲーム会社に心の中で土下座しながらも、私はもう少しその生き物に近付いてみた。

「……ねぇ」

思い切って声をかけてみるが、反応はない。プルプルと揺れるだけ。恐る恐る手を翳《かざ》してみても、『はぐれん』とか『ばぶるん』とか微妙な名前で呼び掛けてみても無駄。

途方に暮れた私は、その生き物が見ているらしき方向へと視線を向けた。

すると薄暗い空間に、長方形に切り取られた映像が浮かぶ。

古びた映写機の映像みたいだ。色褪せているし、ところどころノイズが走っているみたいに不鮮明で、全体的にぼやけている。

私の隣にいる生き物は、その古い映画に似た映像を見ているようだった。

こぽり、と時折揺れて崩れながらも、目は映像を追っている……ように見える。

暫し逡巡してから、私はその生き物の隣に腰を下ろす。そしてその映像を、一緒に見る事にした。

ジジッと掠れた音を立てながら、風景が流れる。

映像は青々と茂る草を掻き分けて、森へと入っていくシーンから始まった。

一般的な映画のように第三者視点ではなく、誰かの目を借りる形の一人称視点で映像は進んでいく。

『　　』

聞き覚えのない不思議な言語だった。けれど何故か、意味はぼんやりと理解出来る。

『兄さん』と呼びかけられた視点の人物は振り返る。背後には声の主らしき少年の姿があった。木製の籠を抱えた少年の年頃は、たぶん十歳前後。少し不安げな顔をしている。鬱蒼《うっそう》とした森は昼でも薄暗いから、入るのが怖いのかもしれない。

視点の主は『仕方ない』といった意味合いの言葉を呟いた後、少年に向けて手を差し伸べる。少年はその手を握ると、安心したように表情を緩めた。

目線の位置からして背格好は同じくらいだと思うけど、もしかしたら年子の兄弟なのかも、と思った。

子供達は、母親の薬草を摘みに森へと来たらしい。

村はずれにある森は、本来は子供の立ち入りを禁止している。数年に一度、子供がいなくなるの

で神隠しの森と呼ばれて畏《おそ》れられているからだ。

神様は怒ってないかなと心配する弟を、兄は神様なんていないないと否定する。どうせ獣の仕業だと言い聞かせる兄の口調は大人びていた。

獣が出てくる前に、必要な薬草だけ摘んで早く帰ろうと兄が促して、薬草探しが始まった。しかし、森の入り口付近では薬草が見つからず、二人はどんどん奥へと入っていく。

必死になって探している間に時は過ぎ、いつの間にか日が傾いていた。

薄暗い森の中にオレンジ色の日が差し込み、影が長く伸びる。誰《た》そ彼《かれ》、逢魔《おうま》が時《とき》と呼ばれる時間に差し掛かった。

流石にこれ以上は危ないと判断した兄は、帰宅を促す為に弟に声を掛ける。

二人で母の待つ家へと帰ろうとしたその時、異変は起きた。

突如、弟の足元が光り出す。

湿った土の上、木の根の合間を縫うように光で模様が描かれる。複雑な図形と文字で構成されたソレは、私の目には魔法陣に見えた。

戸惑って動けずにいる弟に、兄は叫びながら手を伸ばす。

しかし円から外へ引っ張り出す前に、光の勢いは増して弟を包み込む。

どうにか弟の手を取ったところで光の奔流《ほんりゅう》に飲み込まれ、そこで兄の意識は途絶えた。

暫しの空白と無音。

次に兄が目を開けた時、彼等がいる場所は森ではなかった。

石造りの白い壁と柱。天井はアーチを描き、鋳物《いもの》で装飾された灯りが等間隔に垂れさがっている。

窓には木製の飾り格子が嵌っていて、美しい形の影を落としていた。

西洋風の建物は、今まで彼等がいた場所とは似ても似つかない。

混乱した二人の少年がへたり込んでいる白い床の上には、さっき見た魔法陣がくっきりと描かれていた。

『　　』

硬質《こうしつ》な靴音と共に、大人の男の声が響く。

神経質そうな顔立ちをした壮年の男は、貫頭衣《かんとうい》と一枚布を組み合わせた服装をしている。

古代ローマを題材とした映画に出てきそうな……なんていう名前だったかな。トゥ……、えっとチュニックだっけ？

建物は私が今生きている世界のものに似ているけれど、服装は違う。国が違うのか、それとも時代が違うのか。

ただ今は、それは横に置いておこう。どうでも良くはないけれど、それよりも。

意思に反して、召喚されてしまったらしい二人の少年。

彼等の行く末以上に、重要な事はないだろう。

男の言葉は、少年達のものとは違う響きがあった。

それでも理解出来ているのは、夢だから？　それとも、転生チートみたいに不思議な力が働いているんだろうか。

男は余計なものがついてきた、と言った。

そして少し考える素振りを見せてから、『使い道はいくらでもあるか』と独り言を零す。

男の目的は弟の方だったらしい。

怯える弟を不躾な目で眺めてから、素晴らしい魔力量だと満足気に笑う。しかし兄の方を見ると、眉間に皺を寄せる。男が言うには、兄の方には魔力は殆どないらしい。それと、異世界の人間なのだから、何かしらの特殊能力はあるのだろうとも言った。

花音ちゃんに特殊能力が備《そな》わっていたように、この二人の少年にも何かしらの力があるようだ。

ただ、それが良い事だとは、私にはとても思えなかった。

男が二人を見る目は、人を見るソレではない。嫌な予感しかしなかった。

そしてその予感は、残念ながら当たってしまう。

少年らが召喚された国は、戦争の最中だった。

戦力として召喚された二人は、否応なしに巻き込まれる。

互いを人質にとられ、帰る場所も術《すべ》もない彼等は、言われるがまま戦いに身を投じた。

弟の方は、強力な魔法が撃てるだけでなく、動物の能力を向上させる不思議な力を持っていた。

彼が力を注いだ軍馬は、脚力や持久力が向上する。

兄の方の能力は、ずっと分からないままだった。

弟のように前線へ送られるのではなく、屋敷に留め置かれていたけれど、その日々は安寧とは程遠い。能力を探る目的で、限界まで魔力を使わされたり、体にわざと傷をつけられたりと、実験動物のように扱われ続けた。

目を背けたくなる場面の連続で、私の心までも疲弊《ひへい》していきそうだ。

それでも兄は逃げ出さなかった。弟と一緒に母の許へと戻る日を夢見て、懸命に生き続けた。

けれど世界は……ううん、人間は、どこまでも彼に非情だった。

ある日、兄はいつもの実験室とは別の部屋へと連れていかれた。

石造りの薄暗い部屋は広く、頑丈そうな造りだ。また魔力が涸《か》れるまで撃たされるのかと思った兄の前に、誰かが立った。

それは、見知らぬ少年だった。

痩せ衰えた体は傷だらけで、酷い顔色だ。

怯えたように震えている少年だったが、落ちくぼんだ目だけはギラギラと光っている。

その少年は、兄の傍に立っていた壮年の男に向かって話しかけた。

『こいつを殺せば、本当に元の世界へ帰してくれるんだな?』と真剣な顔で問う少年に、壮年の男は笑みを浮かべて鷹揚に頷く。

生き残りたければ、力を示せ、と。

命の危機に瀕《ひん》したら、能力が目覚めるかもしれない。

そんな薄汚い思惑が透けて見える、嫌な笑い方だった。

襲い掛かってくる少年に、兄は訳も分からないまま逃げ回る。誰かを傷付けるなんて嫌だったんだろう。けれど相手はお構いなしに剣で、魔法で、攻撃をしかけてくる。兄の体はどんどん傷だらけになっていく。

死を覚悟した兄の反撃は、不運にも相手の致命傷となった。

床に崩れ落ちるように膝をついた兄は満身創痍《まんしんそうい》だったけれど、その眼前に倒れ伏す少年の傷は更に深い。

光が消えて濁った瞳を見て兄は、相手が既に事切れていると知った。

そして暫しの空白。

兄が意識を失ったのだと思う。

目覚めた兄は、相変わらず床に転がったままだった。

けれど何故か、今までと視界が少し違う。すぐ傍には少年の骸が放置されたまま。

兄は訝しむように、首を傾げる。

放置された少年の体をよく見ると、さっきまでとは恰好が違う。服も体格も髪の色も違う、別人の体が転がっていた。

そしてその姿に見覚えがあると気付き、私は小さく悲鳴をあげる。

召喚されてからずっと見ていない片割れ、弟の容姿にそっくりだ。

『　』

けれど兄の動揺は、私の心配とは別のものだった。彼は戸惑いながら、なんでオレがいるの、と呟く。

オレの体は、あれ、なんで。この体はオレのじゃない。あっちがオレのなのに。

震える声で紡がれた言葉の断片を整理して、私はようやく二つの事に気付く。

あの体は弟のものではなく、兄のもの。つまり年子の兄弟ではなく、双子だったという事。そしてもう一つは、兄の意識が別の体へと入ってしまっているという事だ。

しかも尋常《じんじょう》ではない量の魔力が体に満ちているのを感じて、兄は動揺した。

自分に起こっている異常事態に恐慌する兄とは対照的に、壮年の男は歓喜する。

乗っ取った器の魔力量を増幅させる能力……兄の持つ特殊な力は、戦争に勝つ為の切り札となり得る、強大で稀有《けう》な力だったから。

興奮した男は高ぶる感情のままに意味不明な言葉を喚き散らした後、何かを思いついたように部屋を出ていく。

取り残された兄は立ち上がる事も出来ず、茫然自失《ぼうぜんじしつ》のまま座り込んでいた。

全てが悪い夢のようだ。

そして悪夢から目覚める事なく、更なる悪夢が襲い掛かる。

慌ただしく足音が近づいてきたかと思うと、乱暴に部屋の扉が開いた。

飛び込んできたのは、ずっと会えなかった弟だった。その後ろから、壮年の男がやってくる。

弟はすぐに、床に倒れている兄に気付いて駆け寄る。

揺さ振っても反応のない抜け殻を見て、弟の顔が絶望に染まった。兄さん、兄さんと何度も繰り返しながら、滂沱《ぼうだ》の涙を流す。

戸惑いながら兄が弟の名を呼ぶと、大きく体が揺れた。

そして向けられた弟の目は、激しい憎悪に爛々《らんらん》と輝いていた。

壮年の男は一瞬、とても楽しそうに笑う。しかしすぐに表情を取り繕い、こちらを指さして言った。君の兄さんを殺したのは、あいつだ、と。

人間はそんなにも邪悪になれるのかと、私は絶句した。

『　　　』

殺してやる、と弟は叫んだ。

今更何を言っても、弟には届かなかった。兄の骸の前で血塗《ちまみ》れになっている男が、殺していないとか、自分が兄だなんて言っても、誰が信じるというのか。

殺そうと襲い掛かってくる弟から、兄は必死に逃げた。殺すのも殺されるのも、どちらも絶望にしか繋がらない。

けれど弟の魔法は強力で、兄は次第に追い詰められる。致命傷すれすれの大怪我を負い、もはや逃げる事も叶わない。

どうにか話がしたいと、兄は弟に手加減した魔法を撃った。

最小限の力で、あくまで隙をつくる為だけに。

けれど増幅した魔力は、容易く弟の命を刈り取った。

まるで人形を壊すように、呆気なく。弟の体は崩れ落ちる。

倒れ伏す、二人の体。

そしてまた、兄の意識は途絶えて空白が流れ。

壮年の男の哄笑《こうしょう》が響き渡る中、兄は目を開ける。

またしても、視界が変わっている。元の自分に戻ったような視界。けれど違う。端に転がる自分の死体と、さっきまで入っていた見知らぬ少年の死体が、おぞましい事実を物語っていた。

弟の体で目覚めた兄は、絶叫した。

激しい怒りが命じるままに、目につく全てを彼は蹂躙《じゅうりん》した。

まずは、『よい化け物を手に入れた』とご満悦《まんえつ》だった壮年の男を、切り刻み、焼いて、塵《ちり》も残さぬ程に破壊し尽くした。

次いで屋敷内の人間を、その後は領内の人間を、国内の人間を。端から全てを平らげていっても尚、彼の怒りは微塵も鎮まらなかった。

兄の怒りに呼応するように一部の動物達は変化し、魔物となって彼の敵を屠《ほふ》る。

蹂躙はいつまで経っても終わる事はなかった。脅威となった兄を倒そうと向かってくる人間達を殺し、それがまた憎しみを生み、争いの連鎖は途切れない。

ぼろぼろになった体が終わりを迎えても、また別の体で目覚め、戦いは続く。

封印されても同じ。また目覚め、殺し合う。

永劫《えいごう》に地獄を彷徨っているような、救いのない光景だった。

「…………」

声も出ない。

可哀想とか、酷いなんて言葉で表せるような出来事ではなかった。どんな言葉も彼の絶望の前では陳腐《ちんぷ》になる。

生まれた世界と母を奪われ、尊厳を奪われ、唯一の心の支えだった弟を奪われて。

全てを奪い尽くされた少年の嘆きが『魔王』という形になったのなら、私ごときに言える言葉なんてない。

無辜《むこ》の民の死を当然なんて言えないけれど、加害者と被害者を明確に線引き出来る程、単純な構図ではなく。

この世界の人間にとって魔王が『悪』ならば、魔王にとってはこの世界そのものが『悪』だった。

『　　』

真っ白な空白の中で、呟きが落ちる。

静かな声は、母と弟を呼んで、帰りたいと繰り返した。

そうか。魔王が欲しかったのは、魔導師の体じゃない。魔法陣だ。

きっと彼は、故郷へ帰りたかったんだ。

あの魔法陣は、彼の故郷へと繋がらないだろう。それに奇跡的に戻れたとしても、彼を知る人は誰も生きてはいない。

それでも、帰りたかった。この世界を憎むのと同じくらい、彼は故郷を渇望《かつぼう》していた。

『……ン』

ぽつりと、小さな呟きが落ちる。

画面の向こうの声ではなかった。ノイズ混じりの不協和音は、魔王のソレで。

視線を向けると、はぐ○メタルもどき……もとい、魔王らしき塊が小さく揺れていた。

掠れた音がして、暫くの間、真っ白だった映像が切り替わる。

さっきまでの擦り切れてぼやけた過去の断片ではなく、もっと鮮明な映像。大きな部屋と、高い天井。ラタンの枠にクッションを重ねた寝床には、見覚えがある気がした。

浅い眠りのような空白の後、薄く開いた視界に白い手が割り込んだ。

細い指に白い肌、少女のものだろうか。

それにしては大きく見えるけれど、部屋の大きさや寝床との対比を見ると、手が大きいのではなく、自分の体が小さいのかもしれない。

柔らかそうな手が、頭をそっと撫でる。

顔を上げたのか、視界に手の主の姿が映った。

「……え」

呆けた声が洩れた。

画面いっぱいに映るのは、少女の姿。

ゆるく波打つプラチナブロンドに、白い肌。薄紅色の唇は淡く微笑み、青い瞳は愛しいと語り掛けるような慈愛に満ちていた。

見覚えのある……否、ありすぎる容姿。鏡さえあれば今すぐにでも会える。

「わたし……？」

画面いっぱいに映し出されているのは、私の顔だった。

こんなにもだらしない顔をした覚えはないけれど。でも、残念ながら心当たりはある。祖父母が初孫に向けるような眼差しは、たぶんネロを愛《め》でている時の私だろう。

『……サン』

「え？」

不協和音が、何事かを呟く。

画面を注視したまま、掠れた声で繰り返されるそれに、耳を澄ます。

『……カア、サン』

魔王は画面の中の私に向かって呼びかけた。母さん、と。

頭の中が真っ白になる。

『カア、サ』

泥の塊に似た体が伸びる。画面に向かって伸ばしたのは手だろうか。ボトボトと崩れながら、必死に。迷子の子供が、母を探すように。

「……っ」

頭で考えるよりも先に、衝動的に動いていた。

溜まったヘドロみたいな体を持ち上げて、両腕で抱き締める。ぐにゃんと変形して、溶けて、量を減らしながらも腕の中に納まった体に、そっと頬を寄せた。

これは憐れみなんだろうか。それとも罪悪感？

分からないけれど、たまらない気持ちになった。

だって、いったい、どんな気持ちで呼んだのか。

ほんの短い間しか一緒にいなかった、しかも彼の母親とは人種も年齢も違うだろう私に、母を重ねるほど愛に飢えていたひとを、どうして突き放せるだろう。

『カアサン、カアサン、イタイ、クルシイ……カアサン』

私に手を伸ばしながら、幼子みたいに繰り返す。ずっと、ずっと、長い事押し込めてきた弱音を零しながら。

どろどろの頭を、ゆっくり撫でる。

「うん、うん。よく我慢したね」

ぽっかり空いた洞の目に向かって、微笑みかける。

「いたいの、いたいの、とんでけ」

目と目の間の少し上、額らしき場所に口づけを落とす。

すると魔王の目から、濁った液体が流れだす。

『カア、サン、カアサン、ォ、アアアアア、オオオオ……!!』

泣いているのだろうか。咆哮《ほうこう》みたいな声をあげながら、体を波立たせた。

「もう苦しいのも辛いのも、おしまいにしよう?」

赤子をあやすように揺らしながら、下手くそな子守歌を口ずさむ。

記憶が曖昧で歌詞は出鱈目《でたらめ》だし、音程も外れていて酷いものだ。

それでも腕の中の存在の嘆きは、少しずつ治まってくる。

叫ぶのを止《や》めた魔王は、微睡《まどろ》むように目を細めた。

けれど、黒い泥みたいなものが崩れていく速度は緩まない。このままだと無くなってしまうんじゃないかと不安になる。

腕いっぱいにあった粘液は、既に両手に乗るサイズまで減ってしまっていた。

せめてその分だけでも零れないようにと掬《すく》い上げるように持つけれど、隙間から落ちてしまう。

やばい、溶けて消える。下に落ちた分を、掻き集めて固めたら戻るかな。

そんな馬鹿みたいな事を本気で考えていると、洞みたいな目が、ぬるんと泥の塊から飛び出した。

えっ……め、目が！　目がぁあああ‼

グロ注意案件に驚愕する私を放置し、飛び出した二つの塊は、ふわふわと空中を漂う。

淡く発光しながら、私の周りをゆるく飛び回る姿はまるで蛍。

『母さん』

『母さん』

さっきまでのノイズ混じりの不協和音ではなく、少年の声が二つ。

両目ではなく、独立した二つの何かだったのか。

くるくる仲良く回る二つの光を見ていると、過る映像がある。

「貴方達、もしかして……」

言いかけて、止《や》めた。

その代わりにおいでと手を伸ばす。両手に行儀よく乗った光に、そっと頬擦りした。

「もし生まれ変われる場所を選べるのなら、私のところにおいで」

もういい、お腹いっぱいだって言うほど、愛すから。

そう言うと二つの光は嬉しそうに明滅してから、空気に溶けて消えた。

王妃陛下の心配。

娘の額に当ててあった、濡れた手拭いを持ち上げる。

テーブルの上の桶《おけ》に浸すと、水が温《ぬる》くなっている事に気付いた。

「お水を替えてきて」

控えていた侍女に桶を手渡すと、「かしこまりました」と返事をした後、彼女は少し逡巡する様子を見せる。

言いたい事があるのかと思い、視線で言葉を促す。

「王妃陛下、恐れながら申し上げます。殿下の看病は私共が致しますので、どうかお休みくださ い」

「まだ休むような時間ではないわ」

窓の外に見える太陽は、まだ高い位置にある。お茶をするような時間ですらない。

そう指摘すると侍女は困ったように言い淀みながらも、顔色が悪いのだと伝えてきた。

言われるまでもなく、自覚はある。

娘が大変な目に遭って、倒れてから早三日。殆ど眠れていないのだから、当然だろう。

けれど休むつもりはない。どうせ何をしていても娘の容体が気がかりで、気が休まる事はないのだから。

「まだ平気よ」

侍女は納得した様子ではなかったが、それ以上は何も言わず退室した。

娘の枕元へと戻り、腰かける。頬に掛かった髪を手で退けて、顔を覗き込んだ。

白い面《おもて》には生気の欠片もなく、人形のように見えて不安になる。

このまま私《わたくし》の手をすり抜けて、どこか遠くへ行ってしまうのではと思うと、胸が締め付けられるよう。

十四年もずっと放っておいたのに、今更何を言っているのかと自分でも思う。

産むだけ産んで、後は使用人に任せたままの無責任な親に、この子の行動を縛る権利などない。

娘、ローゼマリーは幼い頃から利発な子だった。

王城から殆ど出た事のない箱入り娘らしからぬ豊富な知識を持ち、何か問題にぶつかっても、自分で考えて、最善の行動を導き出す。

行動力と決断力をも併せ持ち、どんな困難でも自力で乗り越えてしまう。気が付いたら、親の手など一切必要としない自立した子に成長していた。

それを誇らしく思う気持ちは嘘ではない。けれど同時に、危ういとも感じている。

一人でなんでもやらなければいけないと感じているから、平気で無茶をする。

私の見ていないところで何度も危険な目に遭い、命の危険に晒されていたと聞いた時には心臓が止まるかと思った。

今度もそう。

私を含めた殆どの人間が眠っている間に、魔王と対峙し、退《しりぞ》けたという。

こんな小さな体で、世界の災厄と呼ばれる魔王と戦うなんて、どれ程恐ろしかっただろう。どれ程、辛かっただろう。

この子はまだ、成人前の女の子なのに。愛され、守られているべき年齢なのに。

私が親の役目を放棄したせいで、この子がこんな目に遭っているのかと思うと、後悔してもしきれない。

「ローゼ……」

呼んでも応えはない。

今にも消えてしまいそうな程に静かな寝息を聞いていると、後悔だけが深々と降り積もる。

もっと早く、会いにくれば良かった。

拒絶されたと感じた時も、嫌われる事を畏れて逃げるのではなく、追いかけて、もっと話をすれば良かった。

ちゃんと、愛していると伝えられたら良かったのに。

「ローゼ」

祈るような気持ちで語り掛ける。

私だけじゃなくて、沢山の人が貴方を心配している。

国王陛下や皇太子殿下は、執務に明け暮れながらも、貴方の様子をずっと気にしているの。貴方は使用人達にも愛されているから、皆、心配で沈んだ顔をしているわ。

貴方の愛する男性も、気が気でない様子よ。

「お願いよ。帰ってきてちょうだい」

何度でも呼びかけるから。

これまでの十四年間分、ずっと貴方を呼び続けるから。

「みんな、貴方を待っているわ」

どれくらい、そうして祈っていただろう。

侍女がそろそろ戻ってくる頃かと席を立とうとした、その時。

小さな呻き声が聞こえた。

「いたた……」

それは聞き間違えようもない、愛しい娘の声で。

寝台の上、死んだように眠っていた娘の目が開いているのを確認した私は、生まれて初めて、神様に感謝した。

転生王女は今日も旗《フラグ》を叩き折る

Character Design
キャラクターデザイン

双子

　異世界から召喚された子供達。残酷な仕打ちを受け、弟を失った兄は闇堕ちして魔王となる。顔はそっくりでも性格は違い、兄はしっかり者で弟は甘えん坊。

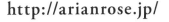

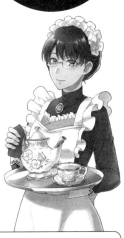

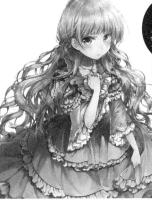

私、魅了は使っていません
～地味令嬢は侯爵家の没落危機を救う～

著：藍《あい》沢《ざわ》 翠《すい》　イラスト：村《むら》上《かみ》ゆいち

ルーラ・ディライトは地味な容姿で読書が趣味の侯爵令嬢。美形揃いの一族の中では異端児であった彼女は、ある日父親から一つの命令を受ける。実家の没落を回避するため、かつて祖先が使ったという魅了魔法で、第一王子エドワードの心を虜にしろというのだ。

だが、魅了魔法の使い方はすでに失われ、ルーラは魔力を持っていないと断るものの、「君は頭が良いから大丈夫」と父に押し切られてしまう。快適な読書環境（実家）と可愛い弟を守るため、ルーラは本の知識を駆使して奮闘し、エドワード王子との仲は急接近!?

魔法に頼らないシンデレラ・ストーリー！

転生王女は今日も旗《フラグ》を叩き折る　7

＊本作は「小説家になろう」（https://syosetu.com/）に掲載されていた作品を、大幅に加筆修正したものとなります。
＊この作品はフィクションです。実在の人物・団体・事件・地名・名称等とは一切関係ありません。

2021年12月20日　第一刷発行

著者 ……………………………………………………… ビス

イラスト ……………………………………………………… 雪子
発行者 ……………………………………………………… 辻 政英
発行所 …………………………… 株式会社フロンティアワークス
〒170-0013　東京都豊島区東池袋3-22-17
東池袋セントラルプレイス5F
営業　TEL 03-5957-1030　FAX 03-5957-1533
アリアンローズ公式サイト　https://arianrose.jp
フォーマットデザイン ………………………… ウエダデザイン室
装丁デザイン ………………………………………… 株式会社TRAP
印刷所 ………………………………………… シナノ書籍印刷株式会社